떠나세요, 제가 준비해 놨어요

떠나세요,

제가 준비해
놨어요

여행자를
유혹하는
여행 만들기의
세계

신재윤

차례

2장. '핫'한 여행지들의 '핫'한 법칙

3장. 한류의 결정판, 'K-투어'의 열풍을 꿈꾸며

4장. 프로출장러의 역마살견문록

여행의 설렘을 느껴본 사람은 안다,
후추 맛을 알아버린 중세 유럽인의 심정을

오대산은 온통 새하얀 눈으로 뒤덮여 있었다. 평일 오전, 그 산에는 아빠와 나, 단둘만 있을 뿐이었다. 그러니까 20년도 더 된, 내가 초등학교 5학년 때의 일이었다. 당시 조금 더 성숙하거나 중학생만 됐더라도 근사한 설경이 내 뇌리에 강렬히 남아 있을 텐데, 초등학생에게는 아빠와 함께 맨들맨들한 부대자루를 엉덩이에 대고 신나게 썰매를 타며 산을 내려왔다는 기억만이 가장 중요한 사실처럼 남아 있다. 물론 학교를 빼먹고 오대산에 왔다는 사실 또한 절대 잊어서는 안 될 기쁨이었다.

　아빠는 산을 좋아하고, 여행을 좋아하고, 사진 찍는 걸 좋아하셨다. 여행은 아빠에게 고단한 삶을 가끔씩 비춰주는 한 줄기 행복이었다. 아빠는 하나뿐인 딸을 데리고 여행을 참 많이 다니셨다. 여행을 위해 학교에 결석하는 것도 대수롭지 않게 여기셨다. 아빠의 성격과 취향에 걸맞은 직업은 여행기자 혹은 작가였다.

하지만 아빠는 여행과 전혀 아무 상관없는 서울지하철공사에 30년 넘게 근무하셨다. 직업 특성상 2교대, 3교대 근무를 해야 했다. 야간 근무가 고단하긴 했지만, 이 덕분에 생겨난 짧은 휴가를 아빠는 여행을 향한 열정으로 채웠다. 어쩌면 가족들과의 짧은 여행을 누릴 수 있는 시간이 생긴다는 것으로 아빠는 길고 긴 직장생활을 버텨내셨는지도 모른다.

지금이야 터널이 뻥뻥 뚫려 있어 서울에서 강원도 가는 길은 두 시간 안팎이 걸리지만, 오고 가는 길이 녹록지 않았던 시절에 아빠는 틈만 나면 대관령을 넘으셨다. 회를 좋아하셨던 할아버지까지 모시고 주문진 바닷가를 동네 드나들듯 구석구석 다녔던 때가 지금도 기억난다. 그 여행을 가는 길, 차에서 운전대를 잡고 있는 아빠의 얼굴에는 세상을 다 가진 듯한 행복한 사람의 표정이 담겨 있었다.

아빠의 여행에 대한 열정은 고스란히 나에게 전해졌다.

알게 모르게 부모 혹은 가정환경에 영향을 받고 직업을 선택하는 사람들이 있다. 얼마 전 TV에서 음악 오디션 프로그램에 출연한 앳된 여성 드러머를 보았다. 그녀는 자신의 아빠가, 지금은 폐지된 KBS의 '개그콘서트' 프로그램에서 20년 넘게 드럼을 연주한 분이라며, 그런 아빠를 보며 자연스럽게 드럼을 만져보게 되었고, 열정을 키웠다고 했다. 그녀의 이야기를 들으며 나는 다시 한번 아빠와 나의 관계를 떠올려 보았다. 내가 지금 '한국관광개발연구원'이란 회사에 몸담은 것도, '관광개발연구원'이란 직업을 가지고 여행 콘텐츠를 만들고 홍보하게 된 것도 따지고 보면 어린 시절부터 여행이 지닌 매력과 의미를 심어준 아빠 덕분이다.

이렇듯 여행을 좋아하는 아빠 밑에서 성장한 나는 결혼하고 나서 여행을 좋아하지 않는 남자도 있다는 사실에 적잖은 문화적 충격을 받았다. 나는, 조금 과장하면 주말마다 여행 가는 게 당연한 사람인데, 남편은 알고 보니 타고난 '집돌이'였다. 어디만 나갔다 오면 그렇게 피곤해할 수가 없었다. 똑똑히 기억하는 바로는 처음 만난 소개팅 자리에서 분명 여행을 좋아했다고 말했는데.(나의 호감을 사기 위한 선의의 거짓말이었다고 한다.)

그 당시 잘 알려지지 않은 스페인의 마요르카섬으로 신혼여행을 가자는 내 제안에 남편은 움찔하긴 했지만 따라나섰다. 그다음 해에 우리 부부는 크로아티아를 여행했고, 결혼하고 5년이 지난 뒤에는 영국으로 떠나 1년 동안 살았다. '서당개 3년이면 풍월을 읊는다'는 속담을 나는 남편을 통해 배웠으니, 선천적인 '집돌이' 남편도 비록 타의(아내의 입김)에 의한 것이긴 하지만 '여행 좀 하는 사람'이 되었다. 얼마 전에는 나를 따라 울산으로 떠난 출장 겸 여행길(나 때문에 우리 가족은 이런 형식의 여행에 익숙하다)에서 지인을 만나 식사를 하며 대화를 나누는 도중 제 입으로 자신은 여행을 좋아한다고 말하는 것이 아닌가? 나의 남편님께서 그런 말씀을 하시다니! 나는 지금껏 수더분한 남편이 내 주장에 못 이겨 여행을 따라나서는 경우가 많을 것이라고 지레짐작했던 것이다.

어느 한적한 토요일 오전, 남편은 자신이 더 이상 '집돌이'가 아닌 '여행돌이'로 전향했다는 사실을 확실하게 밝혔다. 주말이면 종종 아침에 함께 뒷산을 오르는 산책길에서 내가 물었다.

"당신은 살면서 언제가 행복해?"

"여행할 때."

내가 지금 환청을 들은 게 아닌가 하는 의심과 함께 말할 수 없는 뿌듯함을 느꼈다.

여행은 사람들에게 어떤 의미일까? 좀 진부할지도 모르겠지만, 나에게 여행은 남편이 말한 것과 다를 바 없이 행복의 원천이다. 나는 왜 그토록 여행에 열광하며, 여행 분야에서 직업까지 갖게 되었을까? 이유는 간단하다. 여행하면 행복하니까. 그 행복의 요소를 좀 더 분석해 보면 그 안에 설렘이란 감정이 크게 자리 잡고 있다는 걸 알게 된다.

인생을 살면서 마주하는 수많은 감정들이 있다. 그 많고 많은 감정 중에 나는 '설렘'이라는 감정은 우리의 일상을 권태롭지 않게 만들어 주는, 식재료로 비유하자면 후추와 같은 존재라고 생각한다. 중세 유럽에서는 후추 맛을 본 사람은, 후추가 없으면 누린내가 나는 고기를 이전처럼 먹을 수 없다고 한다. 여행을 준비하면서, 여행하면서, 여행을 마치고 다음 여행을 꿈꾸면서 맛보는 설렘이 그러하다. 여행지를 정하고 숙소를 찾아 예약하고 짐을 싸는 과정은 흥분과 기대로 휩싸인다. 본격적으로 여행이 시작되면 일렁일렁했던 설렘의 물결은 커다란 파도가 된다. 오늘 먹을 음식은 얼마나 맛있을까? 오늘 가게 될 낯선 곳에선 어떤 경험을 하게 될까? 오늘 묵을 숙소의 창밖 풍경은 얼마나 아름다울까? 물론 모든 설렘이 행복으로 충족되지 않고 가끔은 실망으로 내려앉기도 한다. 하지만 그 설렘 덕에 여행하고 싶은 욕망은 지속되고, 더 넓게 보면 우리 일상도 지탱되는 것이 아닐까?

의사로 일하는 대학 후배를 오랜만에 만났다. 후배는 한눈에 봐도 기운이 없어 보였다. 어떻게 지내느냐는 첫 물음에 "병원에서 열심히 썩고 있죠, 뭐"라고 말했다. 솔직히 요즘은 왜 사는지 모르겠다고, 그저 하루하루 버티고 있다는 속마음을 털어놓는 후배에게 나는 "지금이 떠날 때"라며 여행을 권유했다. 힘들 때, 새로운 삶을 꿈꿀 때, 아무 생각 없이 쉬고 싶을 때 여행은 우리에게 넌지시 위로를 주기도 하고 답을 건네기도 한다.

이렇게 이야기하고 보니 내가 하는 일이 마치 만병통치약에 들어가는 엄청 중요한 물질을 개발하는 것처럼 보이는 건 아닐까 싶으면서 어깨가 무거워진다. 그런데 사실

이 그렇다. 제 돈을 들이고 시간을 내어 어느 낯선 곳을 찾아가는 행위를 한다는 건 바쁘게 살아가는 요즘 사람들에게 보통 일이 아니다. 그러한 사람들이 조금이라도 뜻 깊은 여행을 할 수 있도록 내가 일하고 있는 것이 아닌가? 잘 알려지지 않은 여행명소를 개발하고 여행코스를 만들고 여행상품을 출시할 때마다 엉뚱한 생각을 하곤 한다.

내가 계획한 코스로 여행을 다녀온 사람은 그 여정에서 새로운 삶의 실마리를 발견했을까? 내가 운영 계획에 참여한 자연휴양림에 간 사람은 그곳에서 일상의 시름을 조금이나마 덜어낼 수 있었을까? 내가 홍보한 로맨틱한 여행지에 간 사람은 그곳에서 소중한 인연이 될 사람을 만났을까?

구체적인 사연들은 알 수 없지만 여행을 떠나는 사람들의 심정을 헤아려 본다. 사실 이런 나의 엉뚱한 상상이 실제로 실현됐는지 알 도리는 없다. 다만 올해 초부터 시작한 '집콕여행꾸러미' 사업을 통해 미약하나마 내가 하는 일이 어떻게 사람들에게 영향을 미치는지 알게 되었다.

"박스를 열 때부터 설렘이 가득했어요. 남해 여행의 설렘을 다시 느꼈습니다."

"감동이에요, 정말 호텔에 온 것 같은 느낌이에요."

"캠핑 너무 가고 싶었는데 집콕여행꾸러미와 영상 덕분에 집에서 힐링할 수 있었어요."

상품 구매 리뷰를 통해 이런 댓글을 발견했을 때의 전율이란! 내가 하는 일이 누군가에게 설렘이 되고 치유가 된다고 생각하니 새삼 이 직업에 행복과 보람을 느낀다.(대신 힘들 땐 정말 여행과 관련된 모든 업무를 내던지고 어디론가 훌쩍 여행 가버리고 싶은 일이기도 하다.)

이 책에 지금까지 '관광개발연구원'의 자리에서 일하며 겪은 내 일상을 허심탄회하게 풀어보았다. 책을 집필하기 시작한 시기는 세상에서 나를 가장 아끼고 사랑했던 아빠가 위암 말기로 힘들어 하시다가 돌아가시고 얼마 안 된 때였다. 출판사의 출간 제안을 받고 정확히 이틀 후 아빠는 하늘나라로 기나긴 여행을 떠나셨다. 내 책이 나온다는 걸 알면 분명 굉장히 좋아하셨을 텐데. 나를 여행의 세계로 인도해 준 아빠 덕에 이 책까지 낼 수 있었다. 누구보다 가장 먼저 사랑하는 아빠, 신위수 님께 고마움을 전하고 싶다.(아빠는 아마 하늘나라 여행길에 만나는 사람들에게 딸이 책을 냈다며 자랑하고 계실 것이다.)

이 책의 8할은 평일 새벽 시간에 썼다. 직장인 그리고 엄마이자 아내로 살아가자면 새벽이 아니고서는 글 쓸 시간을 내기가 어려웠다. 5시 반에 일어나 성경 읽기와 기도를 하는 규칙적인 생활을 하는 남편 덕에 꾸준하게 글을 쓸 수 있었다. '미라클 모닝'으로 나를 인도한 사랑하는 남편 성진원 님과 대한민국의 에너지 넘치는 초등학생 성유찬 군, 그리고 물심양면으로 우리 가족을 지원해 주는 시부모님과 엄마께도 감사하다는 말씀을 전하고 싶다. 마지막으로 관광의 'ㄱ'자도 모르는 내가 관광개발연구원이 되어 행복하고 보람 있는 일을 할 수 있는(물론 절망, 낙담의 순간도 있었다) 기회를 준 이동원 대표님께도 감사 말씀을 전한다.

바스크 출신의 실존 철학자 미겔 데 우나무노는 인간은 기억되고 싶은 욕구가 있다고 했다. 나 또한 누군가에게 기억되고 싶은 욕구, 그리고 나의 삶을 기억하고 싶은 욕구가 있다. 어쩌면 그 욕구가 이 책을 써내려가게 한 원동력이 아닐까 싶다. 이 책을 읽고 여행을 좋아하고 여행 만드는 일을 즐겁게 하고 있는 신 팀장이란 사람이 있다는 걸 기억해 주는 독자가 있다면 더없이 기분 좋은 일이고, 타고난 '집돌이', '집순이'지만 "나도 여행 좀 가볼까" 하는 생각을 갖게 된 독자가 있다면 더없이 신나는 일이 될 것 같다.

대한민국의 어느 직업 어떤 일이 그렇지 않을까 싶지만, 여행 만드는 일은 성실과 노력에 영혼까지 탈탈 털어 넣어야 그 끝이 보인다. 책 속에 담긴 대한민국의 평범한 직장인이라면 이해해 줄 애환과 여행 좋아하는 사람이라면 재미있게 읽을 매력적인 여행지를 건빵 속 별사탕처럼 맛보시길 바란다.

1장. 여행을 만드는 맛

1.

메이크업 하는 마음으로 그 모든 제안서를 작성해야지

제안서와 메이크업의 상관관계

돌아보니 서른 살을 넘기고 한 해 한 해 나이가 들수록 나의 화장은 진해져만 갔다. 어떻게 하면 조금이라도 더 어려 보이고 화사해 보일까? 아이라이너도 조금 더 길게 빼보고 볼 터치도 해보고 아이섀도 조금 더 화사한 색으로 바꿔본다. 그 모습을 지켜보는 남편은 무슨 화장이 그렇게 진하냐며 그럴 시간에 내면에 더 신경 쓰라는 교과서에나 나올 법한 잔소리를 쏟아낸다.

"당신은 절대 이해 못 해"라고 응수하며 여느 날과 다를 것 없이 그다지 만족스럽지 못한 화장을 마치고 출근을 하려는데 불쑥 머릿속으로 제안서 작성하는 일이 화장하는 일과 비슷하다는 엉뚱한 생각이 떠오른다.

'제안서'가 중요하지 않은 회사가 어디 있겠냐마는, '관광개발'이 주 수입원인 우리 회사는 그 비중이 어마어마하다. 우리 회사는 자체적으로 상품을 생산하고 판매해서 수익을 내는 기업과 달리, 다른 업체의 필요를 충족해 주면서, 즉 '가려운 곳을 긁어 주어서' 수익을 창출한다. 이러한 구조에서는 제안서가 이윤을 창출할 기회를 얻기 위한 중요한 수단이 된다. 회사의 매출로 연결되는 황금 열쇠라고도 할 수 있다. 비극의 시작은 바로 이 사실, 제안서 작성이 아주 중요한 업무라는 빼도 박도 못 하는 사실이었다.

나는 관광개발연구원이 되기 전, 비즈니스 컨설팅 업체에서 일하면서 처음으로 제안서를 만나게 되었다. 그리고 얼마 안 가, 나름 에너지 넘치고 유쾌하게 살아가는 나에게도 세상에서 가장 하기 싫은 일이 하나 생겼으니, 그것은 바로 '제안서 작성하기'였다.

작성한다고 해서 항상 사업 건을 따낼 수 있는 것도 아니고(승률은 대략 30% 정도였다), 솔직히 그 일에 대한 전문 역량을 강조하려다 보니 내가 쓰는 것이 제안서인지

소설인지 헷갈리면서 마음이 괴로운 적이 한두 번이 아니었다. 무엇보다 파워포인트로 장표(업계에서는 파워포인트의 각 페이지를 이렇게 표현한다)를 만들어 내는 것은, 지금 여러분이 읽고 있는 이 에세이를 쓰는 것보다 열 배는 고통스러웠다.

'도대체 이놈의 파워포인트는 어떤 인간이 개발한 거야! 망할!'

제안서를 쓸 때마다 속으로 욕을 해댔다. 아무리 논리적이고 멋들어진 전략을 수립하더라도 이 모든 것을 장표에 이해하기 쉬우면서도 심미적인 표현으로 담아내야 했다. 글자체를 '맑은고딕'으로 했다가 '코펍'으로 바꿔보고, 글자 크기도 14pt로 했다가 16pt로 하고, 도형 모양과 색깔도 이리저리 바꿔본다. 그렇게 해서 장표 한 장을 만들어 내면 서너 시간이 훅 간다.(물론 상사에게 한 번에 컨펌이 될 때의 일이고 수정사항이 생기면 여기서 한두 시간 늘어난다.)

요즘도 나는 여전히 제안서를 작성하고 있다. 그런데 놀랍게도 제안서를 받아보는 고객의 입장이 되는 감각을 맛보는 순간도 있었다. 평생을 '을'로 살아왔는데 갑자기

'갑'이 되어 누군가 작성한 제안서를 평가하는 입장이 되어보니 마음이 묘했다.

첫 번째 제안 평가의 기회는 '대한민국 테마여행 10선' 사업을 맡을 때 찾아왔다. 나는 이 사업의 홍보마케팅 팀장 역할을 맡게 되어 업무를 지원해 줄 회사를 선택해야 했다. 네다섯 개의 업체에서 제안서를 받았다.

'다른 회사들은 제안서를 어떻게 쓸까?'

제안서 제출 종료일, 설레는 마음으로 제안서를 하나하나 읽기 시작했다. 그런데 유독 부실해 보이는 제안서가 있었다. A업체가 보낸 제안서였다. 이 업체는 내가 먼저 찾아내어 사전에 미팅도 제안했던 곳이다. 지금까지의 사업 역량을 검토해 보니 우리 회사와 협업하면 좋은 성과를 기대해 볼 수 있는 곳이라 제안서 제출을 요청했는데, 화려한 색깔과 일러스트, 아기자기한 도형으로 중무장한 다른 회사의 제안서와 달리 이곳에서 보낸 제안서는 무채색에 도형은 찾아볼 수 없고 그저 글씨만 적혀 있었다.

내가 생각한 역량과 잠재력을 제안서에 절반도 담아내지 못했다. 또 다른 평가자인 이사님도 이 제안서를 보더니 "아니, A업체 제안서는 왜 이렇지? 안 되겠는데?" 하고 한마디 하신다.

제안서 평가 당일이 되었다. 업체 대표들의 제안 발표를 듣고 제안서를 평가하는 날이다. A업체의 순서가 되었다. 부실해 보이는 제안서와 달리 발표자는 발표도 잘했고 질문에도 능숙하게 응답했다. 하지만 최종 평가 결과 A업체는 하위권에 머물렀다.

결국 나는 다른 업체와 한 해 동안 홍보마케팅 업무를 진행했다. 그 업체에 만족하는 점도 있었지만, 서로 열심히 한 것에 비해 내가 바라는 것만큼의 성과가 나오지 않아 아쉬운 점도 있었다. 고민고민하다가 나는 A업체에 이메일을 보냈다.

> 안녕하세요, 팀장님. 작년에 아쉽게도 제안서가 탈락되어 일을 함께하지 못했네요. 올해 B사와 협력 마케팅을 진행하고 싶은데, 담당해 주실 수 있으실까요?

하루 뒤 답변이 도착했다.

> 안녕하세요? 본부장 C입니다. 당시 제안을 했던 팀장은 퇴사했습니다. 저희도 그때 일할 기회를 놓쳐 아쉬워하고 있었습니다. 말씀하신 내용을 B사와 협의했는데 진행 가능합니다. 그런데 제안서 제출 없이 바로 계약해서 일할 수 있는 방법이 있을까요?

B사는 많은 회사들의 마케팅 제안을 받는 인기 있는 자동차 회사였다. 과연 우리와의 협력 마케팅이 가능할지 걱정을 하고 있었는데, A업체에서 곧바로 협의하고 진행이 가능하다고 하니 한껏 설레기 시작했다. 내가 이 업체의 역량을 눈여겨 본 것이 착각은 아니었구나 하는 생각이 들었다.

B사와의 협력 마케팅을 논의하는 사이 C 본부장은 퇴사를 하고 본인의 회사를 차렸다. 나는 그를 믿고 제안서 제출 없이 우리 회사와 계약을 맺을 수 있는 방법을 찾아 계약을 맺었다. 그리고 협력 마케팅을 추진할수록 나는 그토록 찾아 헤매던 홍보마케팅의 고수를 찾았다는 느낌이 들 만큼 C 대표의 전문성에 하루하루 놀랐다. 그와 동시에 어쩔 수 없이 떠오르는 생각이 있다.

'작년에 A업체를 홍보마케팅 대행사로 뽑았으면 어땠을까? 지금보다 성과가 더 좋지 않았을까?'

인간이란 존재는 언제나 하지 않은 선택에 더 많이 아쉬워하는 미련한 습성이 있기 마련이라지만, 정말 과거를 되돌려 어떻게 될지 확인해 보고 싶은 마음이 든다. 한편으론 제안서 작성에 신경을 쓰지 못한 A업체가 야속하기도 하다.

그러고 보면 제안서란 문서는 안에 담길 내용도 중요하긴 하지만 외양 역시 그에 못지않게 중요하다. 이것이 바로 내가 남편한테 잔소리를 들어가면서도 화장을 하는 이유다! 장표의 레이아웃을 짜는 건 얼굴에 파운데이션 칠하기, 장표의 헤드라인(제목)을 잡는 건 눈썹 그리기, 장표의 주요 도형 모양을 결정하는 건 아이라이너 그리기, 도형의 색깔을 입히는 건 립스틱 바르기…. 장표 작성의 프로세스는 화장의 프로세스와 매우 유사하다. 역시 제안서 작성은 화장하는 것과 다를 바 없다.

유난히 화장이 잘 받는 날이 있는 것처럼 장표가 매우 만족스럽게 만들어지는 날이 있는가 하면, 아이라이너가 번지고 립스틱 색깔이 맘에 들지 않는 날처럼 완성한 장표를 보고 있으면 뭔가 개운하지 않은 날도 있다. 아무리 내용이 알차고 좋아도 고객 입장에서 그 장표가 한눈에 들어오지 않으면 모든 것이 허사가 아닌가!

좀 더 솔직히 말하자면 처음 만난 남녀 사이에도 그 사람의 내면보다는 외양에 더 많은 영향을 받는 것이 당연하다. 성경에는 "하나님은 외모를 보시지 않고 마음의 중심을 보신다"는 구절이 나온다. 이건 인간의 영역이 아니고

신의 영역이기에 가능한 말이 아닌가 싶다. "제안서에 속지 말라"는 말도 자주 듣는다. 하지만 어쩌랴? 화사하고 이목을 끄는 꽃에 더 눈이 끌리는 것이 사람인 것.

'오래 보아야 예쁘다. 너도 그렇다'는 유명한 시 문구가 있다. 나도 매우 인상적으로 읽었고 좋아하는 문장이지만, 치열한 비즈니스 세계에서는 사랑스러운 눈빛으로 오랜 시간을 들여 제안서를 내면까지 꼼꼼히 살펴봐 줄 사람이 없다. 짧은 시간 평가받고 운명이 결정 난다. 그래서 제안서만큼은 예쁘고 정성껏 만들어야 한다는 결론에 다다른다.

그렇게 나는 오늘도 도형을 이리저리 돌리고 색깔도 바꿔보며 열심히 제안서를 작성한다. 적어도 내가 만드는 제안서가 외양 때문에 폄하되는 일은 없어야 하니까.

나는 외모지상주의자가 아니다(우리 남편은 견해가 다를 수 있을지 모르지만). 하지만 오늘도 열심히 화장하고 옷을 갖춰 입는다. 나의 역량이 겉모습 때문에 평가절하 되어서는 안 되니까. 그리고 더 중요한 사실은… 화장하지 않으면 어디 아프냐는 말을 듣는데, 그게 너무도 싫다!

2.

일 잘하는 공무원들의 역습

우리의 고객은 공무원입니다

네 개 지자체 관광과 담당 공무원들의 회의가 부산에서 열렸다. 나도 이 회의에 참석하게 되었다. 회의실 분위기는 화기애애했다. 쉬는 시간에 삼삼오오 모여 이런 농담을 주고받기도 했다.

"이거 참, 못할 소리 같지만… 코로나 덕에 이렇게 한가한 날도 오네요. 하하."

"그동안 고생한 거 보상받은 거지, 뭐. 쉴 수 있을 때 쉬어둡시다."

일반인의 입장에서 보면 '내 세금이 이렇게 세는구나' 하며 화가 날지도 모르지만, 지역 축제 일선에 있는 사람이라면 '선수'들끼리 있는 자리에서 이런 한두 마디쯤은 못 들은 척 넘겨줄 만도 하다.

지역에서 축제가 열리면 공무원들의 주말은 온데간데 없이 사라진다. 말 그대로 축제 현장에 영혼을 불태워야 한다. 축제를 찾아오는 관광객의 욕구와 지역민의 불편에서 빚어지는 각종 민원은 물론, 높은 분이라도 방문하면 동선을 미리 체크해 두었다가 따라다니며 일일이 챙겨야 한다. 한순간도 엉덩이 붙일 새가 없다.

특히 수도권에서 떨어져 있고 이렇다 할 산업 기반이 없는 지자체는 관광을 통한 수입에 사활을 거는 경우가 부지기수다 보니 지방의 관광과 공무원들은 업무가 많을 수밖에 없다. 며칠 사이 수만 명, 많게는 십만 명 넘게 특정 지역에 몰리다 보면 사소한 문제가 안 벌어지려야 안 벌어질 수 없다. 축제 기간 동안에는 축제를 진행하면서, 축제 기간 전후로는 준비와 각종 문제를 처리해야 하니 공무원들 사이에서 관광과를 '기피과'로 부르는 이유가 충분히 이해가 간다.

우리 회사는 관광콘텐츠를 개발하는 민간 기업이지만, 99퍼센트의 고객이 공무원이라는 특성이 있다. 하루에도 여러 번 그들과 미팅을 하고, 전화를 주고받다 보니 이제 나도 그 누구보다 대한민국 공무원의 실체(?)에 대해 한 마디 할 수 있는 전문가가 되었다. 사실 '공무원' 하면 왠지 타성에 젖어 책상에 앉아 의욕 없이 하루하루를 보내는 직장인을 연상하기 쉽다. 물론 일하면서 그런 공무원도 만나보았지만 요즘은 민간 기업의 어느 직장인 못지않게 치열하고 열심히 일하는 공무원들이 점점 더 늘어나고 있는 것을 느낀다.

몇 해 전 나는 동두천시와 함께 일하게 되었다. 나의 고객은 두 명의 여성 콤비 주무관이었는데 일에 대한 열정이 넘치는 분들이었다.(사실 처음에는 '센 언니들'처럼 보여 기가 죽기도 했다.) 동두천시는 관광 기반이 열악한 곳인데 주무관 콤비께서 열정을 다해 산림자원을 활용한 관광 진흥 계획을 세웠고 이 계획이 통과되어 몇백 억에 달하는 사업 예산을 중앙부처로부터 받게 되었다. 이러한 사업 예산은 동두천시 역사를 통틀어 아마 가장 큰 금액에 해당하는 것일 터였다. 그리고 우리 회사가 이 예산을 이용해 설립되는 산림 휴양 및 레저 시설의 관리운영 계획을 수립하는 역할을 맡게 되면서 동두천과의 인연이 시작된 것이었다.

이 사업을 맡고 두 분과의 회의를 할 때마다 (나의 입장에서는) 엄청나게 긴 요구 사항이 쏟아져 나와 우리 팀원은 항상 부담 백배가 된 마음으로 회의장을 나왔다. 하지만 입장 바꿔놓고 생각하면 이분들은 그만큼 애정이 있기에 이런저런 요구사항을 하는 것이었다. 타성에 젖은 공무원이라면 그냥 일을 우리에게 던져놓고 "알아서 잘해주세요" 한마디 하고 일이 어떻게 되어가는지 별 신경을 쓰지 않기 때문이다.

이 동두천 프로젝트에서 가장 핵심이 되는 시설은 동두천자연휴양림과 '놀자숲(실내외 산림 어드벤처 시설)'이었다. 우리가 열심히 이 안에서 어떤 프로그램을 운영하고 입장료는 얼마나 받아야 하고 운영 인력은 얼마나 필요한지 등을 계획하는 동안 두 여성 콤비는 건축과와 토목과 출신답게 시설의 시공과 인테리어에 총력을 기울였다. 게다가 두 분은 아이 엄마라는 점을 십분 활용하여 이 휴양림의 향후 주 고객층이 될 가족 타깃에 맞춰 휴양림 객실 내에 그물, 그네, 볼풀 등 다른 자연휴양림에는 시도하지 않았던 시설을 도입했다.

원래 프로젝트는 휴양림의 시설 오픈과 비슷한 시기에

완료될 예정이었으나 코로나19 바이러스의 유행 때문에 개장일이 미뤄지면서 우리는 개장도 보지 못한 채 프로젝트를 마무리했다.

그리고 몇 개월이 흘렀을까. 인스타그램에서 휴양림의 개장 소식을 보았다. 궁금한 마음에 예약을 해서라도 가 보려고 하는데, 주말은 예약이 빼곡하게 차 있어 연차를 내고 금요일에 휴양림으로 향했다. 연구원에 들어와 일을 하며 내가 참여한 프로젝트의 시설을 실물로 보는 것은 처음이어 내 자식을 보러 가는 것처럼 설렜다.

드디어 도착한 휴양림. 입구부터 남달랐다. 입구 조형물 설치 업체를 소개해 달라는 주무관님의 부탁을 듣고 아예 브랜딩부터 비주얼 아이덴티티Visual Identity 작업을 함께 할 수 있는 업체를 소개해 주었는데 그 결과물로 탄생한 동두천자연휴양림의 브랜드 로고가 표현된 조형물이 방문객을 맞이하고 있었다. 여느 휴양림과 달리 감성적이면서도 세련된 감각이 느껴졌다.

객실도 색달랐다. 볼풀과 그네 등이 설치된 독채 객실은 예약이 마감되어 콘도형 객실을 배정받았는데도 문을 열자 감탄이 절로 터져 나왔다. 기존 휴양림과 달리 내부는 화이트로 마감되어 있고, 창밖으로 우거진 녹음과 산뜻한 조화를 이루고 있었다.

어! 그런데 창 너머 익숙한 얼굴이 환영처럼 보인다. 계곡에서 삽을 들고 작업하는 몇몇 남성들 사이에서 동두천 콤비 중 상사인 팀장님의 모습이 보이는 게 아닌가! 프로젝트를 마무리 짓고 나서 전화로 "최종보고서 전문가 검수 때 아무 지적사항 없이 넘어간 건 이번이 처음이에요. 너무 애써 주셔서 감사합니다. 식사 한번 하러 꼭 오세요"라고 다정한 말씀을 건네주었던 자상한 팀장님의 목소리가 생생하게 떠올랐다. 나는 신발을 꿰어 신고 그에게 다가갔다.

반갑게 인사하고 아직도 여기서 할 일이 있는지 물어보니 인건비를 절감하기 위해 직접 현장에 나와 일손을 보탠다고 하신다. 아, 공무원의 삶이란! 말단이든 팀장이든 폭설이 내리면 눈을 치워야 하고, 코로나19 바이러스 사태가 벌어지면 방역 현장에도 출동해야 하고, 언제든 삽을 들어야 할 땐 삽을 들어야 하는 사람인 것이다.

밤하늘의 별처럼 세상에는 개성 넘치는 수많은 사람들이 존재하듯, 대한민국의 지자체 관광과에 근무하는 공무원들의 태도 또한 다양하다. 돌아보면 나도 별의별 공무원들을 만나봤고, 별의별 일을 겪었다. 철저히 '지연'을 기반으로 특정 단체를 밀어주려는 공무원, 회의를 하러 가면 항상 나른한 표정으로 '또 뭔 얘기를 하려고 왔냐' 하는 표정으로 맞이하는 공무원…. 사람에게는 긍정적인 경험보다 부정적인 경험에 대한 인상이 오래 남기 마련이어서 몇몇 '철밥통에 연연하는' 이들의 행태에 모든 공무원이 매도되는 경우를 주변에서 참 많이 보았다. 하지만 나는 답답한 공무원들과 고역과도 같은 협업보다 참신한 아이디어와 놀라운 열정으로 뿌듯한 결과물을 함께 만들어 낸 공무원과의 협업에 대한 인상이 강하게 남아 있다.

또 한 번 신규 프로젝트에서 짜릿하고 훈훈한 성과를 만들어 낼 동업자를 기다리며 오늘도 대한민국의 공무원들에게 교신을 시도해 본다. 저희와 대한민국 관광을 업그레이드 할 의지에 가득 찬 관광과 공무원께서는 지금 즉시 저에게 연락 주세요!

3.

가보지 못한 길에서 얻는 뜻밖의 에너지

기획쟁이의 마케팅 로망

남편과 나는 TV를 별로 즐겨 보지 않는다. 여러 가지 이유가 있는데 가장 큰 이유는 아홉 살짜리 아들 녀석 때문이다. 이 녀석은 TV만 켜면 자기가 좋아하는 만화를 보겠다고 달려들어 리모컨을 뺏는 불효를 저지른다. 다행히 우리 부부가 맘 놓고 TV를 보는 시간이 있으니 아들 녀석이 친구 집에 놀러 갔을 때다.

마침 아들이 친구 집에 놀러 간 사이 남편이 TV를 켰다. 맘껏 보고 있나 싶었는데, 저녁을 준비하고 있는 나를 다급하게 불렀다.

"여보, 빨리 와봐, 빨리!"

거실로 가보니 TV 화면에는 '남태평양의 진주', '낙원'이라고 불리는 타히티의 풍경이 보이는 것이 아닌가! 보라보라섬의 영롱한 바닷빛, 그 위에 아기자기한 방갈로의 모습이 애써 잠재우고 있던 나의 해외여행 욕구를 마그마처럼 분출시킨다. 나도 모르게 내려간 아래턱을 제자리로 돌려놓으려고 하는데 제어가 되지 않는다.

"여보, 죽기 전에 저런 덴 한번 가봐야 하는 거 아니야?"

아쉬움 반, 결심 반을 담아 말을 건네보지만, 현실주의자인 남편은 대답이 없다. 어쨌든 이제 한동안 '타히티 앓이'가 계속될 것 같다.

그런데 죽기 전에 내가 타히티에 갔다 왔다고 하면, 타히티는 지금처럼 나에게 '환상'의 나라일까? 분명 아닐 것이다. 타히티는 그저 내가 다녀온 무수한 많은 나라 중 하나로 자리하게 될 것이다.

인간은 누구나 가지지 못한 것에 대해, 가보지 못한 길에 대한 환상을 품고 산다는 말이 있다. 나는 직업이나 일도 마찬가지라고 생각한다. 인간은 누구나 해보지 못한 일에 대한 환상을 품고 살아간다.

15년도 더 된 일이다. 한창 취업을 준비하던 시절부터 나는 해외 영업과 마케팅이라는 일에 환상을 품고 있었다. 대학 4학년 시절, 잘나가는 외국계 기업에서 마케터로 일하고 있던 선배에게 "마케팅은 네가 생각하는 것처럼 그렇게 멋있는 일이 아니야. 하루 종일 숫자만 계속 들여다봐야 되고 말이지…"라는 염려 어린 조언을 들었지만, 나는 그 일을 너무도 하고 싶었다.

하지만 사회 첫발은 해운회사의 기획실 사원으로 내딛게 되었다. 3년 후 그다지 잘 맞지 않았던 그 일을 뒤로하고 경영컨설팅 회사로 옮기면서 '기획쟁이'를 향한 나의 커리어는 점점 확고해져만 갔다. 틈만 나면 '마케터' 직군으로 이직을 시도했지만, 기획자를 마케터로 받아줄 회사는 없었다. 나는 이루지 못한 아련한 첫사랑처럼 영업과 마케팅을 향한 미련을 가슴 한 편에 묻어둔 채 살아왔다.

그런데 '지성이면 감천'이라는 피상적인 속담을 몸과 마음으로 느끼게 된 순간이 찾아왔다. 10년도 넘게 묵은 나의 소원이 하늘에 전달이라도 되었는지 대망의 2020년에 나는 그토록 마음속으로 부르짖어 왔던 마케팅을 담당하게 되었다. 우리 회사가 '대한민국 테마여행 10선' 사업을 맡게 되면서 내가 홍보마케팅 담당자로 배정이 된 것이었다.(사실 배정은 아니고, 몇몇 팀장들과 힘을 모아 테마여행 10선 사업을 우리 회사에서 해야 한다고 대표님께 말씀드리고, 하게 된다면 나는 홍보마케팅을 담당하겠다는 강력한 주장이 받아들여진 것이다.) 이때의 기분을 음악으로 표현하자면 가히 베토벤의 합창 교향곡 중 〈환희의 송가〉라고나 할까. 10년 묵은 체증도 내려가게 하는 그 폭발적인 합창 멜로디가 내 마음속에서 춤추고 있었다.

'드디어 마케팅이다! 역시 내가 생각했던 대로야. 일이 이렇게 재미있을 줄이야!'

학교생활에 흠뻑 빠져버린 초등학교 1학년생처럼 나도 모르게 콧노래를 흥얼거리며 즐거운 마음으로 출근했다. 그렇게 홍보마케팅과 달콤한 사랑에 빠진 지 백일이 좀 지났을까.(나는 원래 금방 사랑에 빠지는 '금사빠'다.) 이 세상의 많은 연인들도 백일을 기점으로 그동안 콩깍지에 씌워 보이지 않던 단점이 눈에 들어오고 누군가는 헤어지고 누군가는 더 굳건한 애정을 다지는데, 나와 마케팅과의 사랑에도 위기의 그림자가 드리워지기 시작했다.

위기의 출발점은 바로 '숫자'였다. 대학 선배가 그토록 염려했던 그것. '기획쟁이'는 업무를 숫자로 평가받지 않는다. 양^{Quantity}이 아닌 질^{Quality}로 평가받는다. 보고서가 얼마나 논리적이고 얼마나 많은 조사를 통해 결론을 충실히 뒷받침하는지, 연구에서 원하는 방향에 맞게 결론을 냈는지 등이 평가의 기준이 된다. 하지만 마케팅의 결과는 숫자다. 숫자는 곧 성과다. 숫자를 성과로 만들어 내는 일에 이토록 큰 압박이 뒤따를 줄이야.

지난여름, 야심차게 온라인 여행사와 테마 10선 여행상품 출시 기획전을 열었다. 기획전 준비는 엄청나게 손이 많이 갔다. 20여 개의 지역 여행 관련 업체들이 제출한 40개가 넘는 상품계획서를 검토하고 각 업체와의 커뮤니케이션을 통해 소비자의 입장에서 출발·도착 지점이나 코스, 가격 등을 보완하는 일은 생각만큼 쉽지 않았다. 보고서를 작성하던 업무를 보던 시절에는 잠잠하기만 했던 사무실 전화기가 1분이 멀다 하고 울기 시작했다. 서로를 챙기고 '너의 의욕 받고 나의 의욕 더'를 묻고 더블로 가며 활활 불타올랐던 우리 팀의 분위기도 차차 누그러지기 시작했다.

내가 '커뮤니케이션의 여왕'이라고 추켜세워 주고 있던 믿음직한 팀원 A도 전화 폭격에 지쳐 갔다.

"팀장님, 저 요즘 매일 숫자 '10'에 관련된 꿈을 꿔요.

뭔지 모르겠는데 매일 열 가지가 꿈속에서 나타나요."

그녀가 하소연했다. 우리 사업이 테마여행 10선인데 하도 일에 신경 쓰다 보니 꿈에서도 10이 나온다는 거였다.

사진을 수급하는 업무를 담당하던 팀원 B도 스트레스를 호소했다. 여행상품을 온라인에서 생생하게 보여주려면 이에 맞는 사진이 그 무엇보다 중요한데, 지역 업체들에게서 받은 사진은 질적으로나 양적으로 턱없이 부족하다는 것이었다. 그렇다고 우리에게 대안이 될 사진이 있는 것도 아니었다. 보고서를 작성할 때는 상업적 목적도 없고 소수의 사람이 보는 것이기에 인터넷에서 검색한 사진을 자유롭게 사용했는데, 인터넷의 여행상품 페이지에 넣을 사진은 상업적 목적이 확실하기에 동의 없이 사용했다가는 저작권을 침해하게 된다. 때문에 B는 이곳저곳에 전화를 걸어 사진을 구걸하는 게 주 업무가 되고 말았다.

이렇게 모두가 어려움을 이겨내고 고생 끝에 준비를 마치고 드디어 기획전을 열었다. 기획전 기간 동안 상품이 팔리는 걸 확인하며 일희일비의 롤러코스터를 타듯 하루하루를 지냈다. 어느덧 기획전을 마치고 모든 성과를 숫자로 평가받는 날이 왔다. 결과는 처참할 정도로 '폭망'이었다. 여행상품은 해도 해도 너무한다 싶을 만큼 안 팔렸다.

코로나19 바이러스의 유행은 좋은 핑곗거리가 됐지만, 노력한 결과에 비해 받아든 성적표가 너무도 초라해서 나뿐 아니라 팀원 모두 우울감과 무력감에 빠져들었다.

'팔지 않아도 되는 연구보고서 쓰던 시절이 참 좋았구나.'

나도 모르게 이런 생각이 들기도 하고, 방역 단계가 격상되어 상품 판매가 중지되었을 때는 오히려 마음이 얼마나 편안해지던지…. 나를 칭칭 옭아매고 있던 '숫자'라는 쇠사슬에서 풀려나는 기분이었다.

그렇지만 마케팅 업무를 맡은 나의 선택을 후회하지는 않는다. 경험치가 '1' 늘면서 여행상품을 개발할 때 안목이 더 넓어졌기 때문이다. 온라인으로 무언가를 판매할 때 상품 페이지의 디자인이 얼마나 중요한지, 모바일 UX^User Experience(정보통신 기기나 서비스를 이용하며 느끼는 사용자 경험)가 얼마나 중요한지를 확실히 깨달았고 우리 상품에 적합한 판매 플랫폼을 선택해야 한다는 교훈도 얻었다. 값비싼 수업료를 통해 배운 내용을 바탕으로 여행상품 웹페이지를 다시 디자인하고, 기존과 다른 새로운 온라인 여행사에서 상품을 판매하기 시작했다. 그러자 반응이 하나둘 나타나기 시작했다. 그렇게나 안 팔리던 상품이 조금씩 팔리기 시작했다!

해보지 않았지만 꼭 해보고 싶은 일이 있다면? 나는 "무조건 고" 해보라고 말하고 싶다. 결과는 내가 겪은 것처럼 처참한 폭망이 되거나 잊지 못할 좌절을 맛볼지도 모른다. 하지만 실마리는 찾을 수 있을 것이다. 그토록 해보고 싶었던 마케팅을 하면서 상품이 죽도록 안 팔려서 정말 죽고 싶을 만큼 괴로운 순간도 있었지만, 실패의 원인을 찾고 개선하는 과정에서 작은 성과들이 나타나기 시작했을 때의 기쁨은 그간의 심적 고통을 보상하고도 남았다.

나는 요즘 여행상품 대신 집으로 여행을 배달해 주는 콘셉트로 준비한 '집콕여행꾸러미'라는 상품의 기획과 판매 마케팅을 담당하고 있다. 또다시 '숫자'라는 쇠사슬이 채워진 채 롤러코스터를 탄 일상이 시작되었다.(주말에도 생각보다 저조했던 이번 주 실적이 떠오르면 순간순간 암울하다.) 어떻게 하면 '집콕여행꾸러미'를 세상 사람들에게 널리널리 알릴 수 있을지 요리조리 머리를 굴리며 설레(고 미쳐 보자)는 마음으로 출… 출근이다.

4.
입사 첫 프로젝트를 말아먹을 뻔했습니다

최종보고 현장에서 벌어진 반전 드라마

'섬진강 문화예술벨트 조성 연구'는 이 책에 심심찮게 등
장할 만큼 나에게는 여러모로 의미가 깊은 프로젝트다.
사람으로 치자면 수없이 사랑하며 또 그만큼 증오하며 맺
어진 징글징글한 인연이라고 할까? 한국관광개발연구원
이란 곳에 입사하고 나서 처음 담당한 프로젝트이자 '제
대로 말아먹을 뻔한 첫 번째' 프로젝트로, '최초'라는 수
식어를 두 개나 달고 있는 엄청난 녀석(?)이다.

경영컨설팅 회사를 퇴사하고 나는 문화예술계의 큰 인
물이 되겠다는 포부를 안고 영국에 유학을 갔다가 한국으

로 돌아와서 창업이랍시고 깨작깨작 쇼핑몰을 운영하면서 취업을 준비하고 있었다. 그렇게 1년이란 터널을 지나 자리 잡은 곳이 바로 '관광개발연구원'이라는 직업이다.

사실 나는 연구원이라는 조직에서 꼭 일해보고 싶은 마음이 없었다. 비즈니스 컨설팅 회사에서 오랜 기간 일하며 보고서라면 지긋지긋해져 있던 터라 연구원에 가서 또 보고서와 씨름을 해야 한다는 사실이 내키지 않았다. 하지만 항상 조직에 속해 있던 내가 1년 넘게 홀로 생활하다 보니 어딘가에 소속감을 가지고 일해보고 싶다는 욕구가 있었고, 석사 논문을 쓰며 관광이라는 분야에 관심이 꽂혀 있어 고민 없이 입사 지원 서류를 냈다.

면접까지 마쳤지만 아직 정식으로 입사가 결정되지 않은 시기(야근이 굉장히 잦다는 사실에 나는 고민하고 있었다), 대표님이 재미있는 제안을 했다. 어느 중앙부처에서 발주한 '섬진강 문화예술벨트 조성 연구' 용역 제안서를 작성해 달라고 하신 것이다.(지금 돌이켜 보니 아마도 대표님은 나를 테스트하고 싶었던 것 같다.) 물론 그에 따른 보수는 따로 주겠다고 했다. 연구원 퇴사 후 종종 프리랜서로 제안서를 작성하는 분과 팀을 이루어 제안서 작성을 해달라고 했는데 보수가 꽤 넉넉했다. 당시 쇼핑몰 수입이라고는 월 50만 원도 안 되던 터에 오랜만에 목돈이 들어온다는 생각을 하며 제안을 넙죽 받아들였다.

앞서 말했듯이 컨설팅회사에서 일하면서 가장 진절머리 나게 싫어했던 업무가 제안서 작성이었다. 그러나 이번에는 느낌이 달랐다. 일단 제안서의 영역이 '문화예술'이라는 점이 마음에 들었다. 그동안 잘 알지도 못하는 전문 산업 분야, 즉 철강·화학·자동차 등의 프로젝트를 주제로 지식도, 경험도 전무한 상태에서 제안서를 쓰려니 난감한 적이 한두 번이 아니었다. 이번 제안서는 영국에서 공부한 것, 여행하며 겪은 것, 공연이나 축제에 가서 느낀 것을 담을 수 있어 비교할 수 없을 만큼 즐거웠다.

'아, 일의 기쁨과 성취가 이런 것일까? 이런 일이라면 해볼 만하겠는데!'

이런 생각이 들면서 나는 관광개발연구원으로서의 일에 대해 애정을 품게 되었다. 입사 후 얼마 지나지 않아 섬진강 제안서가 통과되었다. 따지고 보면 '섬진강 문화예술벨트 프로젝트'는 나와 연구원의 인연을 이어준 고마운 녀석이기도 하다.

'섬진강 문화예술벨트 프로젝트'는 시작부터 만만찮았
다. 어쩌면 문화예술을 주제로 하는 프로젝트를 회사 차
원에서 처음 수주해 지대한 관심을 갖고 있는 대표님과
그래도 문화예술에 대한 공부를 좀 했다고 프로젝트에 대
한 나름의 가치관이 뚜렷했던 나 사이에 어느 정도 의견
충돌은 예견되었던 건지도 모르겠다.

무엇보다 대표님의 시간은 내 시간보다 두세 배는 빨리
흘러가는 것 같았다. 바쁘기로 소문난 비즈니스 컨설팅회
사에서 7년이나 구르다 온 나조차도 대표님의 속도를 맞
추는 일이 너무도 버거웠다.(우리 대표님으로 말할 것 같으
면 음식점을 가도 먼저 가서 자리를 잡아놓고 기차역에서 내
리면 먼저 나가 택시를 잡는다. 가히 홍길동에 비견할 만하다.
우리를 위한 배려심이자, 번갯불도 그냥 지나치지 못하고 콩
이라도 볶아야 하는 급한 성격의 양면을 동시에 갖춘 분이라
고나 할까.) 하루가 멀다 회의를 소집하며 결과물을 요구
하셨다.

"아니, 시간을 좀 주셔야 진득하게 이 자료 저 자료 보
면서 연구를 하죠…."

나는 항변을 하긴 했으나 대표님의 속도에 맞추는 수밖
에 없었다. 그렇게 다른 시간대에 차츰 적응하다 보니 지

금은 나 또한 홍길동의 제자 수준이 되어 팀원들에게 하루가 멀다 하고 결과물을 요구하고 있다.(미안하다, 나의 팀원들.)

프로젝트가 차츰 자리를 잡아가면서 자연스레 대표님과의 회의가 줄어들며 숨통이 트이기 시작했다. 이제 연구만 잘하면 된다! 입사한 지 3~4개월 즈음 지났을 무렵에 팀장이 되었고 팀원도 한 명 생겼다. 프로젝트에 대한 열정은 이미 충만했고 이제 팀장으로서의 책임감까지 장착했다. 팀장이 되고 나니 그렇게 싫어하던 야근도 자발적으로 하게 되었다. 보고서 데드라인이 임박하면 야근하고 남은 일을 가져와 집에서도 하기를 반복했다. 고3 때 학교 도서실에서 12시까지 야간자율학습을 하고 집에 오면 한 시간 정도 더 공부를 하고 잠들곤 했는데 그 수준까지는 아니더라도 열정을 다해 일을 했다.

머릿속은 잠잘 때 빼고는 항상 일 생각으로 가득했다. 일요일에 교회에 가서 목사님 설교를 들으면 왜 그렇게 좋은 아이디어가 떠오르는 것인지. 자나 깨나 섬진강만 생각하고, 틈만 나면 섬진강이 흐르는 하동, 광양을 찾다 보니 그곳이 고향처럼 느껴질 정도였다.

모든 프로젝트에는 사업 초기 수행 계획을 발표하는 착수보고, 지금까지의 연구 결과를 보고하는 중간보고 그리고 최종보고가 있다. 보고, 보고 그리고 보고! 연구원의 피할 수 없는 숙명이다. 아무리 경험을 쌓고 쌓아도 보고는 늘 피곤하고 신경을 곤두서게 하는 신비로운 업무다. 내가 그동안 해온 연구를 30분 내외의 시간에 고객에게 발표하고 평가받는 자리이기에 그럴 수밖에 없을 것이다.

특히 공공 예산으로 시행되는 사업의 연구 보고를 할 때면 적게는 서너 명에서 많게는 열 명 내외의 외부 전문위원이 참석해 연구 결과가 이렇다는 둥 저렇다는 둥 의견을 내놓는다. 평가를 하러 온 전문위원 입장에서는 칭찬보다는 비판을 하는 것이 본인의 의무에 충실한 것이다. 그렇게 보면 아무리 애써 연구를 했더라도 쓴소리를 피할 수 없는 곳이 연구보고 발표장이다.

발표장에 들어서면 마치 오디션 프로그램에서 심사위원 앞에 서 있는 참가자가 된 기분이다. 섬진강 프로젝트에도 어김없이 보고는 찾아왔다. 1차 관문 중간보고! 보고 준비를 위해 2주는 꼬박 야근을 했고, 보고 당일 새벽 2시에야 보고자료가 완성됐다. 왜 항상 보고서는 이렇게 지지고 볶아야만 나오는 것일까?

나의 고객인 중앙부처에서는 다행히 전문위원을 부르지 않았다. 근엄한 회의실이 아닌 국장님 방 소파에 앉아 다소 격의 없는 '가족적인 분위기(?)'에서 보고가 시작되었다. 일반적인 위압적 분위기에서 벗어나니 중압감이 훨씬 덜했다. 연구원에 입사하고 나서 처음 하는 보고였다. 양옆에는 대표님과 나의 하나밖에 없는 팀원이 앉아 한마음으로 나를 응원했다. 나는 고객에게도, 대표님에게도 나를 증명해 보이고 싶었다.

그런데 이상하리만치 분위기가 화기애애하다. 듣던 바와는 달리 국장님이 별로 까다로운 분도 아닌 것 같다. 100페이지가 족히 넘는 보고자료를 들고 갔지만 앞의 요약페이지 열 장 정도만 브리핑하고 질의응답이 이어졌다. 국장님 표정도 내내 좋다.

"열심히 연구하셨네요. 앞으로 이대로 하시면 잘되겠는데요."

보고가 끝나자 국장님이 만족스러운 표정을 지으며 화답했다. '됐다, 해냈어!' 하고 마음속 깊이 안도와 함께 뿌듯함이 밀려온다. 과정이 힘들었던 만큼 보람도 크다. "보고서 하나 나오는 건 애 낳는 거랑 똑같아. 보고서 만들고 나면 내 애 같다니까"라던 실장님의 말이 전적으로 공감이 가는 순간이다.

그 실장님이 어느 날 나에게 오더니 낭보를 전해준다.

"일이 있어서 그 중앙부처에 갔는데, 국장님이 섬진강 프로젝트 엄청 좋은 사업이라고 칭찬하시더라."

이렇게 뿌듯할 수가. 입사하고 처음 맡는 프로젝트라 부담감이 컸는데 이 정도면 목표했던 바를 이룬 것 같다. 이제 최종보고만 잘 준비하면 된다. 외국 프로젝트의 사례를 꼼꼼히 살피며 우리 사업에 반영하고, 중간보고 때 도출했던 사업 내용을 좀 더 정교하게 다듬었다.

최종보고를 한 달 앞두고 전화 한 통이 걸려왔다.

"팀장님, 저 사무관입니다. 저희 부서 인사이동이 있어서 국장님이 바뀌셨습니다. 이 사실을 알려드리려고 전화 드렸습니다."

공무원의 인사이동은 흔한 일이다. 나는 이토록 흔한 일에 내포된 핵폭탄급 위험을 인식하지 못했다. 중간보고 때 인정을 받았으니 해오던 연구 기조를 유지하면 될 것으로 생각하고 있었다. 그리고 대망의 최종보고의 날이 찾아왔다.

심정은 오히려 중간보고 때보다 편안했다. 그만큼 열심히 준비했고, 연구자로서 최선을 다했다고 자부할 만큼

떳떳하고 자신 있었다. 자그마치 1년여 동안 섬진강과 동고동락하며 연구했던 결과를 세상에 내놓는 일이었다. 참석자도 중간보고 때보다 훨씬 많았고, 나 또한 격식을 갖춰 프레젠테이션을 했다. 보고를 마치고 '나 좀 잘한 거 같은데?' 하며 우쭐우쭐한 기분이 온몸으로 퍼지려는 찰나, 새로 부임한 국장님이 입을 연다.

"다른 분들 의견 있으세요?"

다들 말이 없다.

"연구자분, 지금 말씀하신 대로 하면 섬진강이 세계적인 관광지가 되겠어요?"

사무적이면서도 냉철한 목소리, 준비할 틈도 없이 어퍼컷이 날아온다. 내가 상상한 건 이게 아닌데? 뭔가 이상하게 돌아간다. 첫 질문을 필두로 훅과 잽이 날아든다. 1라운드, 2라운드는 연구자로서 나의 의견을 피력하며 그런대로 방어가 됐는데, 역부족이다. 상대가 너무 강하다. 3라운드, 막아낼 방법이 없다. KO패배.

날아오는 비판을 막을 힘도 없다. 쓰러져 싸울 여력도 없는데 국장님은 멈추지 않는다. 그러고 보니 이 결투에는 심판이 없다. 벌렁 드러눕고 나서도 계속 얻어맞고 있는 셈이다. 아, 태어나서 이렇게 자존심이 짓이겨지고 자존감의 외피가 벗겨진 적이 있던가. 얼굴을 들고 있을 수 없다는 게 이런 거구나.

도대체 뭐가 잘못된 거지? 겨우겨우 정신줄을 붙잡고 "말씀하신 부분 보완해서 다시 보고드리겠습니다"라는 말과 함께 최종보고가 마무리됐다. 사무관님이 다가와 "아니, 연구 방향성에 맞춰서 충실하게 연구하신 것 같은데, 대체 왜 그러신 건지…"라는 말을 건네며 위로하지만, 너덜너덜해진 정신 상태에 도움이 되지 않는다.

억울했다. 변 사또에게 당한 춘향이도 나만큼 억울했을까? 과업지시서(고객사가 프로젝트의 성격을 규정하고, 원하는 실현 방법 등을 설명해 놓은 문서)에 맞춰 연구 방향을 설정했고 충실히 연구했는데, 왜 이런 일을 당해야 하는 걸까?

"국장님, 이 프로젝트가 어떤 배경에서 발주되었는지는 알고 계신가요?"

집으로 돌아가는 길에서야 발표장에서 항변하고 싶었던 말들이 생각난다. 다행히 발표날은 금요일이어서, 만신창이가 된 몸과 마음을 주말 동안 추스를 수 있었다. 하지만 집에 있어도 마음은 지옥이다. 억울하고 분한 마음의 병에 걸린 사람처럼 끙끙 앓고 씩씩대다가 잠이 들었다.

그나마 이틀 동안의 자리 보존 덕에 회복되었다. 월요일 출근해서 마음을 추스르며 새 국장님의 요구사항에 맞춰 보고서를 보완했다. 보완자료를 들고, 쏟아질지 모르는 훅과 잽, 스트레이트 등 각종 공격기술에 대응할 방어법도 철저히 준비해서 또 다시 발표장으로 향했다.

다행스럽게도 2차전은 조그만 내상도 없이 무사하게 치러냈다. 1년 동안 이어진 프로젝트의 대서사시가 끝이 났다. 돌아보니 천국에서 지옥까지, 인생을 한 번 산 기분이다. 때론 기쁨과 보람의 희열에 들뜨기도 했고, 끝 모를 나락으로 추락하기도 했다. 어쨌든 해피엔딩으로 마무리지을 수 있어서 다행이었다.

5.

대책 없는 스타트의 슬픈 결말

일단 낳고 본 아이의 기구한 운명

비즈니스 컨설팅회사에 입사한 지 3년이 지났을까. 일에 대한 회의감과 무력감에 빠져들었다. 뭘 해도 성과가 나오지 않는 것 같아 자괴감에 빠져들 무렵 '애나 낳고 좀 쉴까?'라는 생각이 들었다. 당시에는 어리석게도 '육아 지옥'이 '회사 지옥'보다 훨씬 더 무시무시한 곳이라는 사실을 알지 못했다.

결혼한 지 얼마 되지 않은 때였는데, 나는 결혼 후에는 응당 아이를 낳을 거란 생각을 하고 있기도 했다. 남편과 의논 후 임신 준비에 돌입했다. 하지만 '준비'라는 말이 무색할 정도로, 나는 너무도 순식간에 임신을 하게 되었다. 임신이 체질이었던 것인지 입덧도 거의 없었고 출산도 물론 힘들긴 했지만 친구들에게 들은 정도로("콧구멍으로 수박을 빼내는 고통") 애를 먹지 않았다. 여기까지 모든 것이 순조로웠다. 참 좋았다.

그 후로 새로운 지옥문이 열렸다. '먹고 자는' 그 간단하게 여겨지던 일이 '먹이고 재우는' 일로 바뀌니 죽을 지경이었다. 밤중에 젖을 먹이느라 늘 수면 부족에 시달렸다. 안아 재운 아이는 바닥에만 내려놓으면 어떻게 나한테 이럴 수가 있느냐는 듯 세상 떠나갈 정도로 우렁차게 울었다.

뜬금없이 나의 임신과 출산 그리고 육아 지옥으로 이어지는 서론을 풀어놓는 데는 이유가 있다. 관광개발연구원으로 하는 일이 참 묘하게도 임신과 출산, 육아와 여러모로 닮아 있기 때문이다.

시설을 건립하기 위해 계획을 하는 것은 임신, 그리고 시설을 건립하는 일은 애를 낳는 것과 같다. 건립을 했으면 운영을 해야 하는데 이 일은 육아의 과정과 놀랄 만큼 닮아 있다. 문제는 지자체장들의 속마음이다. 지자체장은 큰 건물을 좋아한다. 건축 규모가 클수록 자신의 치적이 되어 다음 선거에서도 긍정적인 영향을 기대할 수 있기 때문이다. 지자체장이 의도하지 않더라도 건물을 건립하는 데 넉넉한 예산이 내려오기도 한다. 많이 준다는데 거절할 이유는 없지 않은가? 받은 돈을 다 쓰려면 원래보다 좀 더 크게 짓게 된다. 어느 지역에 가보면 어울리지 않게 재미없고 커다랗게 생긴 건물을 종종 마주하게 되는데, 이 건물들은 이 두 가지 이유에서 생겨났다고 볼 수 있다.

하지만 만들어 놓는 것으로 끝나는 일이 아니다. 운영을 하기 위해서는 또 돈이 들어간다. 그런데 예산이 넉넉하다고 이 시설을 크게 지으면 어떤 일이 벌어지게 될까? 나는 이런 일이 두쌍둥이, 세쌍둥이를 출산하는 것과 마찬가지라고 생각한다. 둘, 셋을 키우려면 하나 키우는 것보다 돈이 더 많이 들어가는 것과 같은 이치다.

시설을 운영하려면 그 규모에 맞은 인력이 필요하다. 공간을 채우기 위한 콘텐츠도 필요하다. 미술관이면 미술작품이, 예술회관이면 예술작품이, 복합문화공간이면 다채로운 문화체험 프로그램이 필요하다. 이 콘텐츠도 다 돈이다. 문제는 지자체에서 건립 후 시설 운영을 어떻게 할 것인지, 즉 계획, 콘텐츠, 예산에는 크게 신경 쓰지 않고 일단 짓고 본다는 점이다. "일단 애부터 낳고 보자"는 것과 똑같은 일이다. 이렇게 지역주민에게 외면당하고, 주변 자연환경과도 어울리지 않는 불청객 같은 건물을 심심치 않게 찾아볼 수 있다.

광양매화문화관을 그 대표적인 예로 들 수 있다. 광양 매화마을은 이미 알려질 대로 알려진 곳이다. 시린 겨울이 끝나고 봄을 알리는 대표적인 상징이 바로 광양의 매화이다. 봄이 되면 여러 포털 사이트에서 이곳의 그림 같은 매화꽃 사진이 열린다. 가본 사람들은 알겠지만, 매화마을은 아름다운 꽃과 시골의 정취를 느끼려는 목적으로 찾는 곳이다.

그런데 입구에서 시골마을과는 전혀 어울리지 않고, 세련되지도 않은 그저 고집스럽게 생긴 2층짜리 건물을 만나게 된다. 이 건물이 바로 매화문화관이다. 어떤 이유에서 이곳에 들어섰는지 모르겠다. 홍쌍리 여사가 평생을 바쳐 일구어 낸 매화마을이 광양의 최대 관광자원 역할을 하고 있는데, 지자체에서도 뭔가 힘을 보태야 하지 않을까 궁리하다가 이 건물을 만들기로 한 것이 아닐까 싶다.

'섬진강 문화예술벨트 조성 연구'를 담당하고 있던 당

시 이 건물이 내 레이더망에 금방 포착되었다. 이 프로젝트는 새롭게 무언가를 건축하기보다 기존 건물의 '재생'이 주요 테마였다. 매화문화관은 2015년에 지어져서 건축물 자체만 보면 재생이 따로 필요 없었다. 하지만 이 공간을 제대로 살리기 위해서는 '운영의 재생'이 필요하다는 생각이 들었다. 이곳은 주말에 가도, 주중에 가도 늘 한적했다. 공간을 너무 크게 짓다 보니 공허한 느낌이 들었다. 1층은 매실 판매장과 체험장으로 구성되었는데, 체험장은 거의 이용하지 않은 듯했다. 2층에는 매화문화전시실과 청매실농원 역사관이 자리하고 있는데, 10분이면 관람을 마칠 수 있을 정도로 전시 콘텐츠가 매우 빈약했다.

그곳 운영책임자를 만나 이야기를 나누며 실태를 파악하고, 여러 공간이 특색에 맞게 활용되는 사례도 찾아보고 매화문화관에 걸맞은 아이디어도 짜내어 운영 활성화 계획을 보고서에 담아 지자체에 전달했다. 하지만 내 영혼을 갈아 넣은 그 보고서는 어느 공무원의 캐비닛에 처박혀 있는 것인지… 감감무소식이다. 처음부터 운영 계획이 제대로 서 있지 않았으니 운영 예산도 확보되지 않았을 테고, 예산이 없으니 그럴싸한 계획이 있어도 반영하기가 어려웠을 것이다.

"일단 낳고 보자"는 애의 운명은 어떻게 되겠는가? 온전하게 성장할 수 없다. 시설도 그렇다. '돈 먹는 하마'가 된다. 사실 매화문화관은 무시무시한 하마는 아니다. 제대로 운영되지 않고 예산을 축내고 있는 지방 공항들과 비교하면 그렇다는 말이다. 국내에는 수도권의 인천, 김포 공항을 제외하면 제주, 김해, 청주 등 열세 개의 공항이 있다. 이 중 많은 수가 공항의 수요와 운영은 고려하지 않은 채 그저 '표심'을 위해 우후죽순으로 생겨났다. 그 결과 초대형 '돈 먹는 하마'들이 생겨났다.

이 공항들의 수요가 저조한 이유는 KTX와 비교하면 도심에서 너무 떨어져 있다는 점이다. 내가 참여하고 있는 '대한민국 테마여행 10선' 사업에서 비중 있게 다뤄야 하는 것 중 하나가 '지방 공항 활성화를 위한 공항 연계 여행상품 모색'이다. 일단 '지어놓고 보기'식의 실패한 행정을 무마하기 위한 '사후약방문'인 셈이다.

요즘 얼굴이 칙칙해져서 고민이다. 주말에 집에서 인터넷으로 피부 시술에 관한 기사와 정보를 찾아보고 있다. 그런 나를 넌지시 보던 남편이 이런 상황에서 늘 그랬듯 변함없는 레퍼토리를 중얼거린다.

"에휴, 내면이 아름다운 사람이 돼야지···."

"내 내면이 뭐가 어때서? 흉하다는 거야?"

내 반격이 뜻밖이었는지, 남편이 슬금슬금 자리를 피한다. 하지만 남편의 고리타분한 그 말은 이상하게도 주말 내내 머릿속에 남았다. 그의 뻔한 말이 지자체의 시설과 운영, 더 나아가 나에게도 뭔가 성찰할 화두를 던져준다. 건물이나 외모는 돈을 퍼부으면 어떻게든 만들 수 있지만 그 공간을 채우는 콘텐츠는 돈이 있다고 완성할 수 있는 것이 아니다. 끊임없이 궁리하고 새로운 아이디어를 떠올려 보고 성찰해야 나오는 것이다.

따지고 보면 우리 모두 인생이란 한 지역의 지자체장이 아닌가? 이곳에 어떤 문화시설을 건립하고 어떻게 운영할지는 각자의 몫이다. 인생 중반에 슬슬 접어드는 나는 내 인생의 내면에 무엇을 짓고 어떻게 운영해야 할까라는 고민을 하게 된다. 중요한 사실은 허우대만 멀쩡하고 속이 빈 건물을 짓는 건 분명 경계하겠지만, 지금은 탄력을 잃은 내 피부에 먼저 신경을 써야 할 때라는 것이다.

6.
병도 주고 약도 준 눈물의 프로젝트
관광개발연구원에게 한반도란?

그동안 담당했던 여러 프로젝트 중 기억에 남는 세 건(이른바 굉장히 주관적인 나의 '3대 프로젝트')을 꼽아보라고 한다면 나는 한 건만큼은 고민도 없이 꼽을 게 있다. 생고생, 개고생, 헛고생 등 연구원이 누릴 수 있는 온갖 고생을 담은 '고생 오브 고생' 프로젝트라고나 할까, 바로 '한반도 평화관광 프로젝트'다.

'3대 프로젝트'에 선정되기 위해서는 나의 깐깐한 심사를 거쳐야 한다. 깐깐하다곤 했지만, 사실 조건은 단순하다. 첫째, 나에게 엄청난 스트레스는 물론 끝 모를 야근을 선사하면서도, 일중독의 기쁨과 보람으로 고난을 상쇄할 것. 둘째, 과정이야 어쨌건 프로젝트의 결과물이 잘 나온 해피엔딩일 것. '한반도 평화관광 프로젝트'는 이 두 가지 조건을 200퍼센트 충족한다.

이 프로젝트의 시작에는 신규 프로젝트를 발굴하는 역할을 하는 이사님이 조연으로 등장하고, 대본 단계에서 사라질 드라마를 16부작 확장판으로 스케일을 키운 무모한 내가 주연을 차지한다.

어느 날, 대표님이 나를 회의실로 불렀다. 들어가 보니 이사님이 앉아 있었다. 알고 보니 '한반도 평화관광 프로젝트' 과업제안서를 두고 두 분이 말씀 중이었다. 이사님은 과업 예산에 대비해 볼 때 일의 양이 너무 많아 이 프로젝트는 수주하지 않는 편이 낫겠다는 의견을 내비쳤는데, 이 상황에서 대표님이 나의 의견을 듣고자 회의실로 호출한 것이다. 나는 남편을 두 번째 만난 날, 이 남자와 결혼할 거라고 결심할 정도로(물론 남편에겐 절대 내색하지 않았다), 뭔가에 꽂히면 곧바로 빠져드는 경향이 있다.(지금까지 그 흔한 보이스 피싱에 낚이지 않은 것도 참 대견하다.)

그날도 테이블 위에 놓인 과업제안서를 보자마자 나는 홀리듯 빠져들었다. 통일에 큰 관심이 있는 것도 아니고,

애국심이 투철한 것도 아닌데, 그때 '한반도'라는 키워드에 매료된 이유를 지금도 모르겠다. '한국'이 아닌 '한반도'라는 지명은 우리나라뿐 아니라 북한까지 아우르는 단어인데, 그렇다면 이 무게감 있는 단어가 들어간 프로젝트는 예삿일이 아닐 수도 있을 거란 생각은 아예 머릿속에 없었다. '금사빠' 성향에, 타고난 낙천주의자 기질까지 작동한 나는 대뜸 대표님에게 "저 이거 할게요!"라고 잔 다르크처럼 용감하게 선언하고 말았다.

이사님은 당돌하고 무식한 반응에 잠시 당황한 듯했고, 어떻게 하든 수주액을 확보해야 한시름 놓는 회사 경영 책임자인 대표님은 이 타이밍을 놓치지 않았다.

"신 팀장이 한대잖아. 진행하자고!"

회의는 그것으로 신속하게 종료되었다.

그렇게 해서 내 손으로 덥석 받아들긴 했지만, '한반도'라는 이름을 단 이 녀석은 여러모로 다루기가 힘들었다. 관광 프로젝트라는 건 일단 대상이 되는 지역이나 공간에 가봐야 한다. 그곳의 특성, 문제점을 먼저 파악하면서 어떤 전략과 계획을 세워야 좋을지 아이디어를 떠올리는 것이 일의 수순이다. 그런데 이 프로젝트의 공간 대상은 '북한'이기에 현실적으로 방문할 수 없다는 문제점이 있었다. 마치 요리사가 칼 없이 요리를 만들어야 하는 상황이다. 하지만 어쩌겠는가. 이가 없으면 잇몸, 손가락이 없으면 발가락이 있지 않은가. 인터넷을 샅샅이 뒤졌다.

매번 느끼는 거지만 인터넷에 켜켜이 쌓여 있는 정보의 양에 놀라지 않을 수 없다. 국내 포털 사이트에서 북한의 여행지 정보를 깨알같이 모아놓은 블로그를 발견하기도 하고, 구글에서 유럽인을 대상으로 하는 북한의 여행전문회사들(Young Pioneer Tours, Koryo Tours 등)이 꽤 존재한다는 사실을 알았다. 뿐만 아니라 우리나라의 한국관광공사가 운영하는 공식 홈페이지 'Visit Korea'처럼 북한도 'DRPK Tourism'이라는 공식 홈페이지를 운영하고 있었다. 이곳에는 북한의 각 지역별 관광개발 기구 홈페이지까지 링크되어 있어 나는 생각보다 북한에 대한 엄청난 양의 정보를 캐낼 수가 있었다.

하지만 서울에 있는 누군가가 지나치게 이 사이트를 많이 들락날락거리는 게 국정원 레이더에 포착된 것인지, 신나게 정보를 캐고 있는데 며칠이 지나 '이 사이트는 위해 사이트여서 들어갈 수 없습니다'는 공지 글을 화면에서 보고 말았다. 달콤했던 정보 탐색은 중단되었다. 하지만 잇몸도, 발가락도 없으면 입술, 발뒤꿈치가 있지 않은가.

나는 우리 회사에서 '컴퓨터 전문가'로 칭송받는 차장님을 찾아갔다. 내가 처한 상황과 하소연을 풀어놓으니 방법이 있긴 있다며, 출입이 금지된 북한의 그 사이트에 접속할 수 있는 방법을 알려주었다. "우리 회사 어떻게 돼도 난 몰라" 하고 살짝 겁을 주긴 했지만. 우회로를 통해 다시 북한의 관광 사이트에 들어갔을 때의 그 기분은, 엄마 몰래 '야동'을 보는 아들의 기분이 이런 건가 싶을 정도였다.

이 방법 외에도 각종 서적과 기사와 칼럼을 찾아 읽어보고, 북한 관련 세미나가 열리는 곳을 찾아다니고, 북한을 꽤 자유롭게 왕래하는 기자, 북한 관광 전문 교수, 그가 소개해 준 전문가 등 조금의 인사이트라도 얻을 수 있겠다 싶으면 찾아가 인터뷰를 했다. 프로젝트를 진행하다가 가족과 라오스로 여행을 갔는데, 그곳에서는 눈치볼 필요 없이 북한 관련 사이트를 볼 수 있어 원하는 자료를 싹싹 긁어모았다. 이 프로젝트는 회사 근무 시간만으로 도저히 준비할 수 없었다. 조금이라도 도움이 될까 싶어 출퇴근길에는 지하철에서 북한 관련 책도 읽었다. 처음에는 대체 어디서부터 어떻게 손을 대야 하나 난감하기만 했던 프로젝트의 윤곽이 조금씩 잡히기 시작했고, 나는 보고서를 생산하는 공장처럼 매일매일 보고서를 작성해 댔다.

드디어 대망의 1차 중간보고의 날이 밝았다. 프로젝트와 관련된 보고는 보통 착수보고-중간보고-최종보고 등세 번 있는데, 이 프로젝트는 중간보고를 1, 2차 두 번으로 나누었다. 보고를 앞둔 우리 팀은 항상 불난 호떡집이 된다. 도대체 보고서라는 놈은 한 번도 제시간에 완성되지 않는다. 이 와중에 고객사에서 독촉 전화라도 오면 나는 호떡을 만드는 요리사가 아니라, 호떡이 되어 차라리 누군가에게 맛과 영양분을 선사하고 장렬히 사라지고 싶은 심정이 된다.

그런데 이렇듯 분초를 다투는 보고를 한 번 더 해야 하다니! 보고의 성과를 차치하고 1, 2차 중간보고가 있다는 그 사실만으로도 엄청난 부담이 되었다. 프로젝트에 착수하고 첫 결과물을 보여주는 자리였다. 게다가 프로젝트의 주제가 '북한'이라는 생소한 주제여서 고객이 이 결과물을 어떻게 받아들일지도 염려되었다. 발표장에는 우리에게 사업을 발주한 A사와 A사의 고객인 B기관 담당자가 참석했다. 발표를 마치고 고객 입에서 감상평이 나오기까지 2~3초는 정말 손에 땀을 쥐는지, 땀에 손을 쥐는지 모를 시간이었다.

B기관 담당자께서 먼저 한 말씀 한다.

"짧은 시간 안에 정말 조사를 많이 하셨네요. 어떻게 이런 자료를 다 찾으신 거예요? 고생 많으셨습니다."

이 한마디에 나도 모르게 마음 깊은 곳에서 안도의 한숨이 흘러나왔다. 다른 참석자들도 모두 우리의 노고를 치하하며 1차 중간보고는 화기애애하게 마무리됐다.

기쁨도 잠시, 이제 한 달 남짓 남은 2차 중간보고 준비 태세에 돌입한다. 그 기간 동안 우리 팀은 다시 '불난 호떡집' 모드로 보고서를 찍어냈다. A사 담당자가 이번 2차 보고에는 외부 전문위원을 초청하자고 한다. 호떡집을 한순간 불살라 버릴 수도 있을 것 같은 열기가 욱하고 내 마음속에서 치솟는다. 외부 전문위원이라니! 외부 전문위원은 '비평(사물의 옳고 그름, 아름다움과 추함 따위를 분석하여 가치를 논함)'하는 역할을 해야 하지만, 대부분이 '비난(남의 잘못이나 결점을 책잡아서 나쁘게 말함)'을 자신의 본분으로 착각하는 경우가 많다. 때문에 보고회에서 결코

달갑지 않은 대상이다.

아니나 다를까, 보고를 마치자마자 외부 전문위원 중 가장 높아 보이는 분께서 쓴소리를 쏟아낸다. 그분의 말을 요약하자면 보고서 방향이 완전히 잘못됐다는 것이다. 그 말은 즉 고객사가 과업을 발주할 때부터 설계를 잘못 잡았다는 뜻이다. 나는 고객이 '이것'을 해달라고 해서 '이것'을 해주었는데, 전문위원은 '저것'을 해야 하는데 왜 '이것'을 했느냐며 나를 탓하고 있는 것이다. 그렇다고 사실을 이야기하고 비난의 대상을 고객사로 돌릴 수도 없는 노릇이었다. "저희가 과업을 그렇게 의뢰한 겁니다. 연구원은 그 방향에 맞게 잘 연구하고 준비해 줬습니다"라는 말을 하며 나서는 흑기사가 혹시 있으려나 기대했지만, 모두 굳게 입을 다물고 있었다.

'그래, 내가 받는 돈에는 욕먹는 업무도 포함되어 있는 거야.'

나는 끓는 속을 다스리며 전문위원들로부터 남부럽지 않을 비난과 욕을 실컷 먹었다.

전문위원들이 모두 퇴장하고 난 뒤 A사 담당자가 입을 연다.

"지금까지 열심히 해주셨는데, 전문위원님들의 의견도

반영해서 최종보고 준비해 주시는 걸로 하시죠."

이 말인즉슨 내가 애당초 수행하기로 한 과업이 100이었는데 100을 더해서 200을 하자는 말이었다. 물론 100을 더 하는 거에 대한 추가 보수는 없다. 아, 2차 중간보고까지 오는 데에도 폭주기관차처럼 에너지를 최대한도로 끌어올려 매일매일 달려왔는데 최종보고까지는 자비를 들여 터보 엔진을 하나 더 장착해야 하는 상황이라고나 할까. 고객님 앞에서 한없이 작아지는 나는 "저희 일이 많은 건 아시죠?"라는 푸념인지 항변인지 모를 한마디만 쏟아내고, 담당자는 "그런 것 같긴 해요"라며 어색하게 웃는다. 결국 100을 더 얹어 200을 하기로 했다.

과업 예산에 비해 일의 양이 너무 많다며 이 프로젝트를 회의적으로 바라보던 이사님이 떠올랐다. 결국 나는 앞뒤 못 가리고 불만 보면 뛰어드는 불나방이었다. 하지만 이제 그 순간으로 되돌릴 수 없는 일. 이젠 뛰어든 불마저 삼켜버리고 소화하는 강력한 불나방이 되어야 했다.

돌아보면 그 당시 어떻게 그렇게 일을 했을까 싶을 정도로 에너지를 쏟아냈다. 다시 그렇게 일하라면 미련 없이 사직서를 제출할 것이다. 2차 중간보고 때 잔뜩 먹은 비난과 욕이 강력한 에너지원으로 작용한 것 같고, '북한'이라는 프로젝트의 주제 또한 파면 팔수록 흥미로워서 나를 지치지 않게 지탱해 주었다.

최종보고를 가기 전 마지막 관문에 포럼이 떡하니 길을 막고 있었다. 포럼은 한반도 관광을 주제로 나뿐만 아니라 여러 명의 전문가가 나와 발표를 하고 토론을 하는 순서로 구성되어 있었다. 200명가량 적지 않은 청중 앞에서 발표한다는 것이 부담스럽긴 했지만, 기대감도 컸다. 나의 열정과 영혼이 농축되어 있는 보고서를 바라보자니 없던 자신감도 생기는 듯했다.

드디어 강단에 올라섰다. 내게 주어진 시간은 15분. 200페이지가 넘는 보고서를 줄이고 줄여 50페이지로 만들었고 이 50페이지를 주어진 시간 내에 효과적으로 전달하기 위해 리허설도 마쳤다. 숨 가쁘게 발표를 이어나갔고 중간중간 청중의 반응도 살펴보니 나쁘지 않아 보였다. 발표는 15분에서 2분 정도 지나 마무리됐다. 일단 시간 관리는 성공했다.

이 자리에는 2차 중간보고 자리에서 나에게 맹공을 쏟아부었던 전문위원들이 총출동했는데, 그날 포럼의 사회자는 내 영혼을 초토화했던 분으로 기억한다. 발표를 마치자 그분은 비행기가 아닌, 우주선이라도 대여해서 태워줄 정도로 칭찬 사례를 쏟아냈다. 기억을 되살려 보면 "한반도 관광에 대한 제대로 된 보고서가 드디어 나왔다"는 평가였다.

발표와 토론을 마치고 나에겐 꿈같은 시간이 펼쳐졌다. 발표자, 토론 참석자, 일반 청중 등 많은 분에게 명함과 함께 "오늘 발표 너무 잘 들었습니다, 다음에 연락을 드릴게요" 등의 인사말도 받았다.

이가 없으면 잇몸, 잇몸이 없으면 입술…. '막가파식' 단순하고 무식하긴 하지만, 지금까지 그렇게 살아온 나를 주변 사람들과 같은 생물도, 상황이나 여건 같은 무생물도 양심상 못 본 척하지는 않았던 것 같다. 그러고 보면 인생은 그렇게 야박하지 않다. 쓴것도 주고 단것도 준다. 불평 없이 끌리는 대로 살다 보면 그런 것들을 꿀떡꿀떡 먹는 재미도 상당하다.

2장.   '핫'한 여행지들의 '핫'한 법칙

1.

자연과 예술의 컬래버레이션, 진화하는 여행지

요즘 탄생한 명소들의 영업비밀

얼마 전 요즘 트렌드를 알아보기 위해 책을 읽다가 내가 굉장히 좋아하는 미술관이 MZ세대(1980~2000년대 초 태생으로 밀레니얼 세대+Z세대를 합한 세대)에게 핫플레이스로 자리매김했다는 내용을 발견했다. 이유인즉 요즘은 미술관들이 이들을 겨냥해 소위 '인스타용' 사진을 남기기에 이상적인 전시를 기획하기 때문이라고 한다.

'인스타용 사진 획득'이라는 목표만 놓고 보면 여행지와 미술관은 똑같은 가치를 지니고 있다. 실은 관광개발연구원인 내 눈에도 미술관과 여행이 공생하고 있는 '현장'이 최근 들어 자주 눈에 들어온다.

미술관 덕에 최근 매우 핫한 관광지로 주목받고 있는 곳은, '아이러니하게도' 영월이다. '아이러니하게도'라는 꾸밈말을 반드시 넣어야 하는 이유는, 실은 오랫동안 나는 영월에 대해 별 볼일 없는 여행지라는, 아주 그릇된 선입견을 품어왔기 때문이다. 20대 시절, 어느 날 아침 7시 광화문에서 출발해 저녁에 돌아오는 당일치기 버스투어로 영월을 다녀온 적이 있다. 전형적인 '여기 찍고 저기 찍고'의 관광 스타일은 내 정신을 흔들어 놨고, 이 잘못된 만남(정확히는 나의 잘못된 선택이다)으로 인해 나는 영월을 여행 가긴 그저 그런 곳으로 낙인찍고 말았다.

20년 가까운 세월이 흐르고, 관광개발연구원으로 일하고 있는 나에게 '영월 젊은달 와이파크'란 곳이 이런저런 경로를 통해 자주 들려오기 시작했다. 우리 회사 안에서도 가장 냉철한 기준으로 여행지를 평가하기로 소문난 이사님에게 "거긴 가볼 만한 곳"이라는 인증까지 확인하고 나자 더욱 구미가 당겼다. 아직 본격적인 더위가 시작되기 전인 6월의 어느 날, 서서히 달아오르는 기대감을 간직한 채 냉큼 영월로 여행을(이번에도 여행이라 쓰고 출장을!) 떠났다.

'설마 인증샷에 속는 건 아니겠지? 옛날 버스투어 때 겪은 아쉬움은 겪고 싶지 않은데….'

아쉬웠던 첫 영월 여행과 호객행위 같은 '인증샷'에 몇 번 낚인 경험이 떠올라 왠지 모르게 '혹시나' 하는 걱정이 스멀스멀 피어올랐다. 하지만 미술관으로 들어서는 통로에 설치된 예술작품의 위풍당당한 모습을 보자 그런 걱정이 쓸데없다는 걸 깨닫게 되었다. 나는 그 작품의 규모와 강렬함에 압도된 채 런웨이와도 같은 미술관 통로로 걸음을 옮겼다.

개인적으로는 입구에 위치한 강렬한 붉은색의 작품 하나만으로도 이곳을 찾아올 가치가 있다고 생각하지만, 이곳이 새로운 여행지로 두각을 나타내는 이유는 바로 '대지예술'을 지향하는 미술관이기 때문이다. 대지예술이란 자연환경 자체가 작품의 요소와 배경의 역할을 하는 예술 형태를 뜻한다. 작품과 그 작품을 둘러싼 주변 환경이 하나의 예술작품이 되어 '장소 특정적'이라는 성격을 띤다. 한마디로 이곳 이 자리에 이 작품을 설치해야 온전한 하나의 작품이 된다는 뜻이다.

내가 대지예술이라는, 조금은 낯선 단어를 알게 된 것

은 2018년의 일이다. '섬진강 문화예술벨트 조성 연구'에 참여했다가 우연히 '지리산 국제환경 예술제'가 지리산 자락에서 열린다는 소식을 들었다. 그곳을 찾아가 예술제의 총감독인 김성수 교수님과 인터뷰를 하는 자리에서 이 예술제가 바로 대지예술을 지향한다는 사실을 알게 되었다.

안타깝게도 이 예술제를 실제로 볼 수는 없었다. 하지만 2016년 이 예술제가 열린 첫 해에 세계적인 대지예술가 크리스 드루리가 설치한 〈Jiri Mountain Tea Line(지리산 차나무 행렬)〉을 사진으로 볼 수 있었는데, 어렴풋이나마 '대지예술이란 이런 거구나!' 하고 깨닫게 되었다. 나란히 정렬된 열두 개의 돌이 저 멀리 마주하고 있는 산정상의 능선과 일치하고 있었다. '하늘, 땅, 산, 물 그 사이의 균형을 의미한다'는 이 작품을 보며 지리산 자체가 예술작품의 중요한 배경이 되고 있다는 점을 알 수 있었다.

2016년부터 세계적인 예술가들이 '지리산 국제환경 예술제'에 초청을 받아 작품을 남겼다고 하는데, 현재 총 다섯 개의 작품이 지리산과 함께 호흡하고 있다. 매년 가을에 예술제가 열린다고 하니 가을햇살이 좋은 날을 잡아서 찾아보면 지리산의 아름다운 풍광과 어울리는 대지예술품을 감상할 수 있을 것이다.

우리보다 한발 앞서 '대지예술'이라는 훌륭한 관광자원을 알아본 나라가 있다. 바로 이웃나라 일본이다. 일본은 배가 아프다 못해 쓰릴 만큼 관광자원을 개발하는 감각이 남다른 나라다. 니가타현에서 열리는 '에치고쓰마리 예술제'는 발상을 전환하면 퇴락하는 시골마을이 얼마나 놀라운 창조적인 예술공간으로 탈바꿈하는지 보여주는 훌륭한 사례다. 이곳은 원래 인구가 줄어들고 폐교와 빈집이 늘어나면서 커다란 사회문제를 야기했다. 지역을 활성화하기 위해 이런저런 궁리를 하던 지자체와 주민들은 예술가들을 불러들여 마을의 모든 공간을 제공했고, 예술가와 주민이 합심해서 작품을 만들기 시작했다. 그리고 그 결과물들이 하나둘 모이자 예술제를 열었고, 이 축제를 3년에 한 번씩 열기로 했다. 첫 번째 축제는 20년도 더 된 2000년에 펼쳐졌다.

예술제는 50일 정도 계속되는데, 이 기간에 우리나라 돈으로 무려 15억 원의 매출이 발생한다고 한다. 시골마을에 예술을 접목해서 관광 효과를 톡톡히 누리고 있는 셈이다. 예술제가 열리면 시골마을은 거대한 야외박물관이 된다. 여러 작품 중 특히 내 눈길을 사로잡은 것은 '다랑이논'이라는 대지예술품이었다. 크기도, 높이도 서로

다른 논 사이사이 일하는 농부의 모습을 형상화한 조형물
이 놓여 있고, 논 위로는 농사일을 시로 표현한 타이포그
래피 작품이 설치되어 있었다. 예술에 문외한인 내가 봐
도 예술가의 안목에 경탄하지 않을 수 없을 만큼 주변 환
경과 조화를 이루고 있다.

일본의 나오시마섬 역시 앞서 언급한 니가타현처럼 급
격하게 인구가 감소하면서 지역 소멸 위기에 처해 있었
다. 섬을 살리고자 일본의 베네세 그룹이 전폭적으로 투
자를 해서 구사마 야요이(일명 '땡땡이 호박'으로 유명한 조
각가 겸 설치미술가), 제임스 터렐(빛과 공간미술 운동의 선
두주자라 평가받은 미국의 예술가) 등 명성이 자자한 예술
가들의 작품을 유치했다. 또한 세계적 건축가 안도 다다
오에게 설계를 의뢰해 호텔과 미술관을 설립했다.

이 미술관 이름이 '지추地中미술관'인데, 이곳은 대지예
술적 미학을 한눈에 보여주는 아주 상징적인 장소이다.
공식 홈페이지*에서 만나는 이 미술관의 대표 사진은 정

*지추미술관 공식 홈페이지 ▶
benesse-artsite.jp/en/art/chichu.html

말 신선하면서도 놀라운 장관이다. 이 사진은 위에서 아래를 향하는 관점으로 미술관을 촬영했는데, 우리 눈으로는 사각형, 삼각형 등 기하학적 모양의 천장 부분만 볼 수 있다.

미술관은 주변의 아름다운 언덕의 능선을 해치지 않고 땅속에 건설되었다. 마치 미술관과 주변 자연경관이 한 몸인 듯 구분하기가 어렵다. 이 건축물 자체가 대지예술적 작품인 셈이다. 이 섬 또한 니가타현 못지않게 예술가들의 노력과 주민들의 적극적 협력으로 다양한 예술공간을 만들어 냈고 국내외 관광객들의 발길이 끊이지 않는 명소로 자리매김했다.

이렇듯 예술이라는 매력적인 수단을 관광개발에 접목하고 싶다는 열망을 품고 있던 나에게 몇 해 전 그 꿈을 실현할 뻔했던 기회가 찾아왔다. 전라남도 고흥군에 부속된 섬, 진지도의 '문화예술섬 개발 프로젝트' 임무를 받았을 때의 일이다. 고흥군과 정부의 인프라 지원비를 받아 관광개발 사업을 이끌어 갈 업체를 선정하는 공모전이 열렸다. 아무도 진지도의 존재를 잘 모르고 있던 때부터 이 섬을 눈여겨보고 있던 국내 한 리조트 업체의 CEO가 이 사업 공모전에 참여할 생각으로 우리 회사를 찾아와 사업 계획을 논의했다. 이분은 애초에 골프장 겸 리조트를 만들 작정이었다. 하지만 우리 회사의 갑작스러운 제안에 당황하신 듯했다.

"특정층보다 국민 모두가 찾을 수 있는 섬으로 만들면 어떨까요? 이를테면 문화예술섬으로 말이죠."

이 제안을 한 사람은 우리 회사의 대표님이었다. 내가 에치고쓰마리 예술제의 효과를 주목했듯이 대표님 또한 일본의 나오시마섬을 방문한 이후 그곳이 표방하는 '문화예술섬'의 콘셉트에 푹 빠져 있었다. CEO분도 우리 제안을 흔쾌히 받아들여 '진지도 문화예술섬 만들기' 프로젝트가 시작되었다.

니가타현과 나오시마섬 못지않은 곳으로 진지도를 탈바꿈하겠다는 우리의 노력은, 그러나 물거품이 되었다. 사업 공모에서 그만 떨어지고 만 것이다. 나중에 알아보니 공모 선정 기준이 관광업이 아닌 생산 효과를 유발할 수 있는 산업에 더 유리했다는 이야기를 들었다. 어쩌면 애시당초부터 공모에 떨어질 수밖에 없는 조건이었지만, 아쉬움은 오랫동안 머릿속에 남아 있었다.

명소 탄생의 비밀, 그 중심에는 바로 '컬래버레이션'이 있다. 자연과 예술의 컬래버레이션뿐 아니라 사람과 사람 사이의 컬래버레이션도 중요하다. 해외에서 우수한 관광 개발 사례를 볼 때마다 '왜 우리나라는 이런 걸 개발하지 못했을까?' 하고 갑갑하면서도 궁금증이 일었다. 내가 결론을 내린 것은 사람이었다. 성공 사례들 속에는 수많은 사람과 사람의 컬래버레이션이 숨어 있다.

자연과 예술, 어떻게 보면 조화로워 보이지만 한편으로는 굉장히 이질적이기도 하다. 이러한 간극을 줄이고 의미와 재미를 이끌어 내고 어우러지게 하는 것은 서로 다른 시각을 가지고 세상을 바라보는 예술가와 주민 간의 컬래버레이션, 예술가와 공무원 간의 컬래버레이션이다.

전라남도의 어느 지역을 답사하고 그곳에서 관광 분야에서 일하고 있는 분께 "이곳은 관광지로 발전 가능성이 굉장히 높은데, 낙후되어 있는 것 같아 안타깝네요" 하며 조심스럽게 속마음을 털어놨다. 돌아온 대답은 너무도 의외였다.

"이 좁은 지역 내에서 주민들이 두 파로 갈려 으르렁대고 있어서 아무것도 할 수 없습니다."

내 의문은 단번에 해소가 되었지만, 마음은 무겁게 내

려앉았다.

자연이 예술을 품어 명소가 되듯, 조개가 돌을 품어 진주가 되듯, 남자와 여자가 결혼해 한 가족이 되듯, 조금 다를지라도 서로를 이해하고 협력하면 그 조화는 엄청난 결과물을 가져다줄 텐데.

2.

비워서 완벽해지는 여행지들

떠나봅시다, 건축투어

'관광개발연구원'이라는 직함을 단 지 얼마 안 되었을 때,
정말 뜻하지 않게 회사를 향한 나의 애사심이 폭주한 순
간이 있었다. 어느 오후, 전 직원 모두가 제주도로 1박2일
건축투어를 떠난다는 낭보를 전해 들었다. 대한민국 관광
1번지 제주도, 게다가 '건축'이라는 주제를 담았다니 사
측의 혜안에 탄복하지 않을 수 없었다.

'아, 대단해! 여행과 관련된 일을 하는 회사는 행사 역
시 남다르구나!(나중에 알고 보니 이것은 회사 역사상 전무
후무한 제주도 워크숍이었다.)'

워크숍은 제주도 건축투어 코스를 팸투어(지자체 혹은

여행업체에서 관광지나 여행상품 등을 홍보하기 위해 기자, 관련업체 담당자 등을 초청하여 관광, 숙소를 제공하는 여행) 형식으로 돌아보는 것이었다. 건축투어 코스를 개발했는데, 여행자 입장에서 이 코스의 장점과 단점 등을 직원 모두가 평가해 보는, 일종의 업무였다. 어쨌든 돌아다니는 걸 좋아하는 나에게는 이 또한 감사하고 즐거운 일이었다.

건축투어를 마치고 오랫동안 기억 속에 남아 있는 장소가 두 개 있다. 바로 방주교회와 제주추사관이다.

서귀포시 안덕면에 있는 방주교회는 이타미 준이라는 재일교포 건축가의 작품이다. 성경에 나오는 '노아의 방주'를 모티브로 설계한 곳이라는데, 2010년에 한국건축가협회 대상을 수상했을 정도로 건축 분야 사람들에게는 널리 알려져 있는 유명한 곳이다. 교회 건물은 잔잔한 물에 둘러싸여 있다. 바람 많은 제주여서 물을 가만히 들여다보면 바람결이 스치는 모습이 보일 듯하고, 고개를 들어보면 파란 제주의 하늘이 시리게 뻗어 있다. 물에 둘러싸인 교회 내부는 왠지 모르게 거룩하고 경건한 분위기가 흐른다.

제주추사관은 우리가 보통 상상하는 미술관이나 전시

관과는 달리 매우 소박했다. 네모 모양의 건물에 세모 지
붕이 얹혀 있고 나무 외관이 따뜻한 느낌을 주었다. 나는
주변 환경에 전혀 이질감 없이 자리 잡은 그 공간이 무척
이나 사랑스러웠지만 대단한 건물이 들어설 것이라고 기
대한 주민들은 어찌 보면 흔해 보이는 건축에 실망하여
"감자창고"라고 빈정댔다고 한다. 하지만 추사관은 우리
나라를 대표하는 건축계의 거장 승효상 선생께서 추사 김
정희의 〈세한도〉에 등장하는 집 모양을 그대로 빌려와 지
은 깊은 의미를 내포하고 있는 건축물이다.

문외한인 내 눈높이로 보면 건축가에게 공간이 주어지
면 그곳을 최대한 활용해 많은 이들이 멀리서 보고도 감
탄을 쏟아낼 미학적인 건물을 만들고자 할 텐데 승효상
선생은 추사 김정희 선생의 신념을, 그리고 건물과 주변
과의 조화를 최우선에 두었다. 공간이 담아야 하는 의미,
자연과의 조화를 중요시하는 이 건축관은 이타미 준 선
생의 건축관과도 맞닿아 있다. 승효상 선생님은 본인에게
주어진 350평의 공간에 고작 77평의 공간을 만들었고 이
것이 감자창고로 불리는 것에 자랑스러워했다. 건물에는
승효상 선생의 가치관인 '빈자의 미학("채움보다는 비움이
더욱 중요하다")'이 오롯이 반영되어 있었던 것이다.

이 두 거장의 건축적 신념, 자연과의 조화 그리고 빈자의 미학은 바로 우리나라의 관광 발전을 위해 중앙정부와 지자체에서 깊이 새겨야 할 중요한 가치라는 생각이 든다. 여행하면서 크게 감동했던 순간은 언제일까? 엄청나게 맛있는 음식을 먹었거나, 문화재 혹은 예술품의 아름다움에 매료되었거나, 인간이 절대 만들어 낼 수 없는 자연의 숭고함을 느꼈을 때다.

이 중에서 내 개인적 취향을 기준으로 이야기하면 단연코 세 번째, 자연이 선사하는 숭고함이다. 가슴을 벅차게 했던 백두산 천지, 황홀함에 물들었던 제주도의 노을을 머금은 바다, 마음속에 남은 묵은 감정의 찌꺼기까지 쓸어가 버릴 것 같았던 경포호의 청량한 바람…. 이런 자연물에 털끝만큼이라도 인공적인 것이 더해진다면 내가 자연과 교감하면서 느꼈던 순도 100퍼센트의 감동은 절반 이하로 뚝 떨어지고 말 것이다.

세계 오버투어리즘 지도(지속가능한 여행을 위한 사회활동을 펼치고 있는 영국의 Responsible Travel(책임 여행)에서 발간하는 자료, www.responsibletravel.com)에 따르면 우리나라의 제주도는 오버투어리즘 지역이다. 나도 얼마 전 제주도를 여행하며 오버투어리즘에 기여한 가해자이기도 한데, 갈 때마다 새로 생기는 건물들을 목격하면 마음이 편치가 않다.

급기야는 내가 사랑하는 송악산 부근에 중국 자본의 7층 호텔이 들어선다는 흉흉한 이야기까지 들려온다. 제주도에 집을 짓든, 리조트를 짓든 무언가를 만들고자 하는 모든 이가 제주도를 제2의 고향으로 생각하고 사랑하셨던 이타미 준 선생과 제주에서 비움의 미학을 실천한 승효상 선생을 생각하며 공간을 설계해 주면 좋겠다.

비단 제주도만의 문제가 아니다. 얼마 전에 나는 강원도로 1박2일 출장을 다녀왔다. '강원관광도로'라는 사업(고속도로가 아닌 기존 국도를 통해 강원도의 속살을 들여다보며 새로운 도로 여행을 즐겨보자는 취지의 사업)에 새로이 발을 담그게 되어 사전 답사차 속초, 평창, 인제, 고성 등을 국도로 돌아보았다. 국도 여행에 낭만을 품었건만 속초에서도, 인제에서도, 고성에서도 나의 눈살과 마음을 찌푸리게 하는 것이 있었으니, 그것은 바로 자연과의 조화를 전혀 고려하지 않은 독불장군같이 하늘로 치솟은 건물들이었다.

속초는 이미 부동산 투기의 열풍으로 날이면 날마다 고층 건물이 들어서고 있었다. 도시 어디서든 든든하고 시원하게 보이던 설악산이 제대로 보이지 않는다. 여기가 속초인지 수도권 신도시인지 구분이 되지 않는다. 고성에는 왜 하필 이곳에 있어야 하는지 납득이 가지 않는 미술관이 생뚱맞게 서 있고(이 또한 정치인의 치적을 위한 결과물인 것 같다), 인제에서는 주변 환경과는 조금도 어울리지 않는 기이한 전망대를 발견하고 눈을 질끈 감아버렸다.(다행스럽게도 이 전망대는 철거될 거라고 한다.)

요즘 거의 모든 지자체에서 호수나 해안 등에 데크를 설치해 '○○길'을 만드는 게 유행이다. 이번 출장길에서도 이런 길을 여럿 만났다. 이렇듯 산책로를 조성하는 사업을 반대하지 않는다. 다만 만들 때 주변 환경 그리고 설치된 이후 자연경관과의 조화를 고려해서 디자인하길 바란다. 내 눈에는 그 데크로 만들어진 길들이 경관을 저해하는 요소처럼 보여 마음이 불편했다.

무겁게 내려앉은 마음은 마지막 답사지인 평창에서 포르르 풀렸다. 밀브릿지란 숙박 및 체험시설을 방문하게 되었는데, 이곳은 한 사람이 50년 가까이 가꾼 촘촘한 전나무 숲에 들어서 있었다. 자연의 재료와 색으로 빚어진 건축물들은 전나무 숲의 일부처럼 느껴졌다. 아니나 다를까, 이곳의 건축물들은 제주추사관을 설계한 승효상 선생의 작품이었다.

교감은 자연스럽게 나에게 스며들면서 이루어지는 감정의 교류이다. 어느 공간을 높고 크게 채우려는 것은 소통이 아닌, 일방통행이 될 수밖에 없다. 많이 채워 넣는다고 좋은 관광지가 되지 않는다.

생텍쥐페리는 "디자이너에게 완벽함이란 무엇인가를 추가할 것이 있는 상태가 아니라 더 이상 바랄 것이 없는 상태다"라는 근사한 말을 남겼다. 관광개발을 담당한 분야의 모든 이들과 공유하고 싶은 명언이다.

20년 넘게 고양시에서 살아온 엄마는 용문의 전원주택으로 이사하면서 그동안 집 안 구석구석에 켜켜이 쌓여 있던 많은 물건들을 지인들에게 나누어 주거나 버렸다. 물건을 정리하고 나니 그렇게 개운하지 않을 수 없다고 했다. 집 안뿐 아니라 마음속의 짐도 싹 정리한 것 같다고 하는데, 이게 바로 비움의 미학인가 보다.

그러고 보니 우리 회사 이름에 '개발'이라는 단어가 있

는데, 왠지 '가득, 크게'가 연상되는 이 단어를 들어내자
고 대표님께 제안해 볼까? 차마 입 밖으로 내지 못할 말을
얼굴에 가득 담은 대표님의 표정이 벌써부터 그려진다.

3.
달이 뜨면 여행도 뜬다
야간관광이 뜨고 있다

'○○은 한국관광 100선에 선정된 곳입니다.'

출발 전부터 꼼꼼하게 일정을 계획하는 여행자건, 발길 닿는 대로 떠나는 여행자건 간에 누구나 한 번쯤은 여행지에서 위와 같은 문구를 보았을 것이다. '한국관광 100선'은 문화체육부와 한국관광공사가 국내 관광 활성화를 위해 2년에 한 번씩 국내 대표 관광지 100곳을 선정하고 홍보하는 사업이다.

그렇다면 혹시 '야간관광 100선'을 들어본 적이 있는 여행자가 있는지 모르겠다. '한국관광 100선'이 예상보다 좋은 효과를 거두자, 결과에 고무된 두 기관은 야간관광 활성화를 위해 2020년부터 새롭게 '야간관광 100선' 사업을 시작했다.

이 사업이 시작되기 몇 달 전 한 팀장의 이야기가 떠오른다.

"한국관광공사에서 야간관광을 활성화할 수 있는 방안을 마련해 달라고 하네. 테마여행 10선 때문에 바빠서 안 된다고 하니까, 그 사업은 1년밖에 남지 않았냐면서 요즘 야간관광이 뜨고 있다며, 이 분위기를 같이 띄웠으면 좋겠대."

우리도 이전과는 새로운 분위기를 감지하고 있었다. 요즘 어느 곳을 가든 지자체에서 야간관광 명소를 조성하기 위해 노력하고 있는 모습을 확인할 수 있었다. 얼마 전 '대한민국 테마여행 10선' 회의를 하러 단양으로 출장을 다녀왔다.

"단양은 요즘 어디가 인기 있나요?"

군청의 관광팀장님께 여쭤보니 망설임 없는 답변이 돌아온다.

"밤이 되면 단양강 잔도에 사람이 몰려요. 조명을 설치해 놨는데, 밤에 가면 반짝반짝 얼마나 예쁜지 몰라요."

"아쉽네요. 그럴 줄 알았으면 하룻밤 자고 가는 건데."

"그러게요. 한번 보시면 그 느낌을 아실 텐데."

당일치기로 온 출장이라 단양강 잔도의 야간 풍경을 볼 수 없었다. 팀장님의 자부심 어린 답변을 들으며 '얼마나 볼 만하기에' 하는 호기심이 들어 서울 올라가는 길에 인터넷으로 검색해서 찾아봐야겠다는 생각을 했다.(나중에 확인해 보니 단양강 잔도는 '야간관광 100선'에 선정되어 있었다.)

왜 지자체들이 야간관광에 힘을 쏟고 있을까? 눈치 빠른 독자들은 벌써 답을 찾았을지도 모르겠다. 야간관광을 하려면 보통은 숙박을 해야 한다. 그러려면 여행객은 저녁도 사 먹고, 숙박비도 써야 하고, 다음 날 아침도 그 지역에서 해결해야 한다. 자연스럽게 지역 경제가 살아난다. 여행객 입장에서도 야경 덕분에 '인스타 인생샷'을 건질 수 있으니, 지자체와 여행객 서로에서 원원인 셈이다.

내 기억에도 아름다운 야경 명소가 있다. 전라남도 담양은 20년 전쯤 가본 이후로 갈 기회가 없었는데, 작년 5월에 휴가(라고 쓰고 '사실상 출장'이라 읽는다)를 내고 가족

여행을 다녀왔다. 관방제림을 찾아갔다. 성인 두 명이 겨우 감싸 안을 수 있을 정도로 울창한 관방제림 가로수 사이를 걷고 있노라니 마음속에 쌓여 있는 그간의 크고 작은 걱정과 미련이 바람결에 깨끗하게 씻겨 내려갔다.

주위가 어둑어둑해져서 숙소에서 추천받은 음식점을 찾아가 담양의 별미인 떡갈비 정식까지 맛있게 먹었다. 평소 같으면 아이도 있어서 숙소로 들어가야 할 시간이었지만, 관방제림 야경이 그렇게 볼 만하다는 인터넷의 글이 자꾸만 눈앞에 아른거렸다. 남편과 아들에게도 미끼를 던지듯 슬쩍 이야기를 흘려보니 이미 그곳의 풍경에 흠뻑 젖어 있는 두 남자가 덥석 문다.

밤에 찾아간 관방제림은 해가 떠 있을 때와 전혀 다른 경치를 자아내고 있었다. 하늘에는 밝은 초승달이 떠 있어 봄밤의 운치를 더했다. 그리고 그 달을 오롯이 담아낸 입구의 초승달 조형물 앞에 사람들이 줄을 지어 순서대로 사진을 촬영하고 있었다. 모두의 얼굴에는 똑같은 표정이 어려 있었는데, '지금 여기서 인생샷을 안 남기면 남은 평생 이 순간을 되새김질하듯 끝없이 후회하는 삶을 살게 될 거야' 하는 말풍선이 머리 위로 달려 있는 것 같았다. 나 또한 인생샷의 유혹을 뿌리칠 수 없었다. 어쩌면 이번

담양 여행을 사진 한 장으로 표현한다면 이 밤 관방제림의 사진일 거란 생각이 들었다.

사진을 찍고 관방제림으로 들어서니 다양한 빛으로 물든 나무들이 신비하고도 로맨틱한 분위기를 연출한다. 마치 무지갯빛 반딧불들이 숲 속을 날고 있다는 느낌이랄까? 담양군은 이 길에 '플라타너스 별빛달빛길'이라는 이름을 붙여주었는데, 섬세하면서도 세련된 빛이 가득하다.(이곳도 '야간관광 100선'에 선정된 건 당연한 일!)

'야간관광 100선'으로 나에게 아픈 손가락으로 남아 있던 충남 부여도 새롭게 관심을 받게 되었다. 부여는 '대한민국 테마여행 10선'의 금강역사여행 지역 중 한 곳인데, 여행객을 불러들이기가 가장 어려운 곳이기도 하다. 바다가 맞닿아 있지도 않고, 그렇다고 유명한 산이 있는 것도 아니다. 경주처럼 역사문화자원이 풍부한 것도 아니어서 관광개발연구원 입장에서는 난해한 숙제처럼 느껴진다.

5년 전쯤이었나, 5월 연휴 때 금강변에 앉아 흐르는 강물을 바라보며 여유로움을 만끽하던 느낌이 나에게는 아직도 생생하다. 하지만 유유자적함과 평화로움만으로 우리나라의 활동적인 여행객들을 끌어들이기엔 부족했다.

좀 더 강력하게 잡아당길 자기장과 같은 매력이 필요했다. 그 역할을 해준 것이 바로 궁남지의 야경이었다.

7월의 여름날, 나와 팀원들은 새롭게 기획된 여행상품을 답사하기 위해 궁남지를 찾았다. 때마침 궁남지의 연못에는 연꽃이 만발해 있었다. 우리나라의 연꽃은 물론, 영국 연꽃이 화려한 자태를 뽐내고 있어 과연 우리가 출장 온 연구원들인지 놀러 온 여행객인지 본분을 잊고 다들 핸드폰의 카메라 버튼을 누르느라 정신이 없었다. 서쪽으로 기울어져 가는 해를 야속하게 지켜보고 있는데, 어느 순간 조명에 감싸인 궁남지 풍경에 모두가 탄성을 질렀다.

"팀장님, 저 아무 기대 없이 왔는데, 부여 진짜 최고네요!"

우리 팀의 막내 사원은 짝사랑을 고백하듯 감탄을 쏟아냈다.

야경의 감동은 궁남지에서 끝나지 않는다. 부여군에서 조성한 백제문화단지는 1993년부터 2010년까지 17년이라는 긴 시간 동안 고증을 거쳐 백제의 궁, 사찰, 촌락을 복원했다. 나는 이곳 야경이 아름답다는 소식을 입수하고 일부러 오후 5시에 맞춰 들렀다.

입구에 들어서면 정면으로 보이는 사비궁의 웅장한 규모에 놀라게 된다. 해가 지고 나면 이 장엄한 궁은 오렌지 불빛에 물들게 되는데, 아직 어둠에 잠식되지 않은 아청빛 하늘과 함께 오묘한 분위기를 품어낸다. 잠시 후 어둑어둑한 하늘에 밝은 달이 뜨면 메마른 마음에 서서히 균열이 일면서 잠들어 있던 감성이 깨어나는 기분이 든다. 체력만 받쳐준다면 밤새 이곳을 걸어 다녀도 좋을 것만 같다.

여행지의 낮과 밤을 동시에 목격하다 보니 최근 새롭게 떠오른 키워드 '부캐'가 떠오른다. 온라인 게임에서 사용되는 부캐릭터의 줄임말인 부캐는 평소 자신의 모습이 아닌 새로운 모습이나 캐릭터로 행동할 때를 가리키는 말이다. 유명 연예인들도 본래 모습과 다른 가상의 캐릭터로 등장하면서 대중에게 색다른 재미를 주며 관심을 받기도 하는데, 여행지 또한 낮의 모습이 '본캐'라면 야경은 '부캐'인 셈이다.

한동안 백제 야경의 감동을 가슴속에 간직하고 있었던 나는 '집콕여행꾸러미(코로나19 바이러스가 유행하고 있는 시대에 여행을 집으로 배달해 준다는 취지로 지역의 특산물,

굿즈, 체험거리 등을 여행시간표와 영상 그리고 리플릿 및 쿠폰 등으로 구성한 상품)'에 금강역사여행 지역의 야경을 담아내기로 했다. 대전에서 유명한 국내 브랜드 베이커리와 야경을 하나로 묶어 '빵 삼킨 밤'이라는 테마를 만들었다. 꾸러미에는 빵 만들기 키트와 공주 알밤잼 그리고 대전 야경을 담은 스크래치북과 백제의 조명등, 부여와 공주의 야경을 담은 영상물과 함께 지역 유명 빵집의 할인쿠폰까지 담았다. 이 꾸러미를 접한 많은 분들이 '이곳 야경이 이렇게 멋있는 곳이었어?'라는 기대감을 품고 이 지역으로 여행을 왔으면 하는 바람이다.

　여행의 영역이 낮에서 밤까지로 시간대가 확장되고, 직접 가지 않아도 집에서 즐길 수 있는 여행도 탄생했다.(물론 실제로 경험한 바에 미치지는 못하지만.) 여행은 어디까지 진화할 수 있을까? 호기심이 들면서도, 도전해 보고 싶은 욕구가 샘솟는다.

4.

쌍방향 소통의 시대, 뜨는 여행상품들의 공통점

여행상품에 반드시 넣어야 할 그것

'대체 어떻게 해야 여행상품을 더 많이 팔 수 있을까?'

작년 한 해 동안 알게 모르게 짓눌렀던 업무에 대한 부담과 함께 흰 머리카락이 하나둘 늘어갔다. 줄곧 지역관광개발 전략수립 등에 대한 보고서를 작성하는 업무만 맡다가 여행상품을 판매하는 업무를 맡고 매주 몇 개를 팔았는지 숫자로 실적을 증명해야 하는 상황에 놓이니 스트레스가 이만저만이 아니었다. 게다가 한창 코로나19 바이러스가 유행하는 상황이 아니었던가. 하반기에 업무 분장을 통해 여행상품 판매 업무가 다른 팀으로 이관되었을 때 얼마나 속이 후련했는지 모른다. 삶은 달걀 몇 개를 한

입 가득 먹고 나서 사이다를 마신 기분이랄까.

하지만 유례를 찾아볼 수 없는, 가장 불황인 시기에 여행상품을 판매하는 업무는 나에게 노화만을 선사한 건 아니었다. 소가 되새김질하듯 '팔리는 상품'에 대한 거듭된 고민과 성찰을 통해 나름 해결책을 찾기도 했다. 결론은 바로 '사람'이었다.

'수박 겉핥기', '주마간산'이라는 오명에도 '패키지여행'은 편리함과 합리적인 가격을 무기로 여행상품의 대표 주자로 군림해 왔다. 그러다가 '코로나19'라는 직격탄을 맞고 휘청거리기 시작했다. 집단감염에 대한 염려 때문에, 남은 대안은 '소규모 여행'밖에 없었다. 즉 말 그대로 가족이나 친척 또는 친구끼리 가는 여행인데, 취향에 맞춰 알아서 계획 세워 떠나면 되지 굳이 여행상품을 찾을까 싶은 생각이 들었다.

그러던 어느 날 나는 팀원들과 함께 로컬크리에이터 인터뷰를 위해 대전으로 떠나게 되었다.(우리 팀은 지역 고유의 콘텐츠를 발굴해 이를 기반으로 창업하는 로컬크리에이터들을 발굴하고 있다. 이들을 전통적인 여행사를 대신해 관광업계에 새로운 바람을 일으킬 수 있는 주체로 판단해 2021

년부터 매달 로컬크리에이터를 선정하고 인터뷰하여 '대한민국 테마여행 10선' 홈페이지에 업로드하고 있다.) 우리가 만난 분은 '진Dol'이라는 이름의 공정여행사를 운영하면서 본인이 직접 가이드로도 활동 중인 박진석 대표였다.('진Dol'의 'Dol'은 돌멩이의 돌이 아니라 'Daejeon of Life'의 줄임말이다.)

우리가 만난 곳은 대전에서 가장 '핫'한 소제동의 한 카페였다. 대전은 농담처럼 '노잼 도시'라고 불리는데, 소제동에 와보면 이 도시를 다시 보게 될 것이다. 나는 작년에 우연히 소제동을 알게 된 이후 대전에 출장을 올 때마다 이곳 맛집을 찾았고, 나중에는 가족들을 대동하고 여행까지 올 정도였다. 몇 번이나 소제동을 와보았기에 이제 꽤 익숙한 곳이라고 생각했는데, 소제동에서 나고 자란 박진석 대표를 만나고 나서 관광개발연구원의 시각을 새롭게 텄다. 지역 토박이가 아니면 들을 수 없는 그의 이야기를 듣다가 별안간 깊은 깨달음이 왔다.

'여행상품의 핵심은 장소가 아니라 사람과 그 사람의 이야기구나!'

박진석 대표는 소제동, 대동(소제동의 이웃 동네) 워킹투어를 운영하고 있었는데, 코로나19 바이러스가 창궐한

2020년에도 500명 이상이 투어에 참여했다고 했다. 나도 여행객이 되어 그 투어를 하고 싶은 욕구가 스멀스멀 올라오는 사이, 어느덧 점심시간이 되었다.

"점심은 대동에 가서 드시죠."

박 대표의 제안이 좀 의아했다. 소제동에도 맛집이 많은데, 굳이 옆 동네로 자리를 옮겨야 하는 까닭이 짚이지 않았다.

그가 데려간 곳은 워킹투어 때 여행객들을 데리고 온다는 음식점이었다. 음식점 전경을 보는 순간 '역시 토박이는 다르구나' 하는 생각과 진Dol 여행상품의 특성을 어렴풋이나마 실감할 수 있었다. 양옥 주택을 개조한 음식점의 외관은 구름처럼 하얀색이었고 창틀의 나무색과 어우러져 편안한 느낌을 주었다. 아담한 정원에는 나무 한 그루가 눈에 들어왔고, 그 주변에서 고양이가 고고하게 걸음을 옮기고 있었다. 마치 개성 넘치는 친구의 집에 초대받은 느낌이었다.

자리에 앉아 음식을 주문하고 기다리는 동안 박 대표는 옛날이야기를 들려주듯 흥미로운 이야기보따리를 풀었다. 가정집이었던 이곳이 음식점으로 탈바꿈한 이야기, 이곳 주인이 카레 맛을 제대로 내기 위해 일본으로 유학을 다녀온 내력 등 혼자 찾아왔으면(나 같은 외지인은 절대 혼자서 찾아올 수도 없을 것 같다) 절대 듣지 못했을 이야기였다. 식사를 마치고 그가 준비한 '대동투어'가 시작되었다. 대동은 소박한 동네였지만 그의 이야기가 닿으니 깜깜한 밤에 알전구가 켜지며 순식간에 주위를 밝히는 것처럼 숨겨진 매력이 하나둘 빛나기 시작했다.

"여기 정육점 보이시죠? 조금만 더 걸어가면 정육점이 또 있고 조금 더 가면 또 나타나요. 정육점이 왜 이렇게 많게요? 옛날에 이 동네에는 건설 노동자들이 많이 사셨는데, 그분들은 하루 일당으로 정육점에 들러서 가족들하고 먹을 고기를 사 가셨어요. 그래서 정육점이 많아졌답니다."

동네의 역사와 그곳을 산 사람들의 이야기를 들으니 좀 더 살가워지는 느낌이었다. 그렇게 대동을 거닐며 흥미로운 동네의 내력을 들었다. 마치 대동의 미시사를 경험한 기분이었다. 여행의 말미에는 대전의 매력을 알리고 싶어하는 두 청년이 운영하는 편집숍을 들렀다. 대전을 소재로 만든 노트, 스티커, 일러스트 지도, 스크래치북 등 아기자기한 상품은 훌륭한 기념품처럼 보였다.

여행상품에서 사람의 중요성을 인식한 계기가 된 또 하나의 경험은 바로 '랜선투어'였다. 랜선투어는 '대한민국 테마여행 10선' 사업에 대한 대책회의를 벌이다가 만들어진 상품이었다.(이렇게 간략하게 쓰고 보니 정말 간략하게 만들어진 느낌이 드는데, 사실 길이를 알 수 없는 터널 속을 계속 헤매는 것 같은 숱한 회의 끝에 만들어진 여행상품이다.) 말 그대로 집에서 온라인으로 즐기는 투어다. 해외 랜선투어는 외국에 거주 중인 현지 가이드들이 유명 건축물이나 미술관을 안내하는 형식으로 구성되어 이미 한 온라인 여행사를 통해 판매 중이었다. 우리 회사가 만들어야 하는 것은 국내 여행지 랜선투어였다.

'유튜브나 SNS에서 공짜로 찾아볼 게 얼마나 많은데, 돈까지 내고 국내 랜선투어를 할 사람이 있을까?'

이 사업은 내가 아닌 동료 팀장이 맡게 되었지만, 곁에서 지켜보기에도 불안이 앞섰다. 우리 회사에서도 걱정 반, 기대 반의 심정으로 대구, 군산, 경주, 광주 등 네 개 지역에 대한 랜선투어 상품을 출시했다. 가격은 이런저런 고민 끝에 5,000원으로 책정되었다.

나는 네 도시 중 대구의 여행상품을 골라 체험해 보았다. 대전과 마찬가지로 대구 또한 그동안 여행객들에게 큰 관심을 받지 못한 도시였는데, 근래에 특색 있는 먹거리와 김광석거리, 근대 골목 등을 개발하며 새로운 여행지로 각광받고 있었다. 그래서 이참에 대구를 둘러볼 작정이었다.

'이남일 가이드의 대구 이중섭 투어'에 예약을 걸어놓고 투어 시간에 맞춰 컴퓨터 앞에 앉아 생중계 투어에 참여했다. 화면에는 키가 훤칠한 가이드가 앉아 있었다. 그는 이중섭의 행로를 찾는 여행으로 20여 명에 달하는 참여자들을 능숙하게 이끌었다. 참여자들은 실시간 대화창을 통해 가이드가 간간이 묻는 퀴즈에 답도 하고, 묻고 싶은 질문을 쏟아냈다. '쌍방향 소통'이 원활하게 이루어지면서 유튜브에서 영상을 보는 것과 확실히 느낌이 달랐다.

이 투어를 마치면서 나는 '여행상품의 핵심은 여행지가 아니라 사람(가이드)에 있다'는 걸 다시금 깨달았다. 가이드는 이 여행의 주인공이었다. 이미 프랑스 및 국내 미술관의 도슨트로 경험이 풍부한 그는 막힘없이 흥미로운 설명을 이어나갔다. 1950년대 대구 향촌동에 기거했던 이중섭과 동료 예술가들의 흔적을 찾아 지금은 사라진 경복여관, 백조다방, 녹향(국내 최초의 음악감상실)에 얽힌 이야기를 생생하게 전달했다. 얼마나 많이 자료를 조사하고 여행 참여자들의 이해를 돕기 위해 발표를 준비했는지 눈에 선했다.

"5,000원이란 돈이 아깝지 않은 투어였어. 정말 고생 많았겠다. 근데 판매는 잘돼?"

랜선투어 상품을 개발하느라 골머리를 앓았을 동료 팀장에게 응원의 말을 건네다가 과연 판매는 어느 정도 되고 있는지 궁금해서 물었다.

"우려했던 것보다 잘 팔려서 다행이야. 가이드분들이 어느 정도 팬들을 보유하고 있어서 그 덕에 수익분기점도 넘겼어."

의외의 대답이었다. 그러고 보니 모든 랜선투어의 제목이 '○○○ 가이드의 ○○ 여행' 형식이다. 상품의 방점이 가이드에 찍혀 있는 것이다.

코로나19라는 바이러스는 관광개발연구원인 나에게 기존과 다른 새로운 여행 스타일을 찾으라고 종용하는 고약한 클라이언트였다. 정말이지 응대하기 힘든 상대이지만, 뜻밖에 배운 점이 있다. 코로나가 아무리 기승을 부려도 잘 팔리는 여행상품이 있다. 그러한 여행상품의 중심에는 사람이 있다. 그 사람 자체가 브랜드이자 고객을 끌어당기는 마케팅의 핵심이다.

5.
흔적을 없애면 매력도 사라진다

도시 재생은 되는데 시골 재생은 왜 안 돼?

'재생'과 관련된 말을 꽤 오래전부터 참 많이 듣게 된다. 그중에서도 업무적으로 가장 관심을 많이 갖는 '재생'은 도시 재생이다.

나와 '재생'과의 인연은 대학교 4학년 시절로 거슬러 올라간다. 취업을 하려면 면접자에게도 인정받을 수 있는 경력이 필요하다는 생각에 함께할 지인들을 모아 당시 공모전 중에서도 인지도나 규모 면에서 유명했던 대기업이 주관한 '글로벌 챌린지'에 도전을 했다. 이 공모전의 가장 큰 매력은 선정한 주제를 연구하기 위해 해외 벤치마킹 계획을 제출해서 당선될 경우 벤치마킹에 필요한 경비를 지원해 준다는 점이었다. 취업에도 보탬이 되고 공짜로 해외까지 보내주니 이보다 더 좋은 '꿩 먹고 알 먹고'가 없었다.

팀원들과 주제를 물색하던 중 생소하면서도 신선한 '도시 재생'이란 단어가 눈에 들어왔다. 당시 언론에서는 화력발전소에서 현대미술관으로 변신한 런던의 테이트모던Tate Modern 사례, 수명이 다해가던 마포의 당인리 화력발전소의 재생 방안 등을 비중 있게 시리즈 기사로 보도하고 있었다.(당인리 화력발전소 자리의 지하에 새로운 발전소가 건설되고 지상은 공원화되었다고 한다.) 이 기사를 보자마자 이거다 싶어 나는 곧바로 팀원들에게 '도시 재생'을 챌린지 주제로 제안했고 모두 이 주제에 만장일치로 동의했다. 테이트모던을 보겠다는 일념으로 피와 땀이 농축되어 있다고 할 만한 계획서를 만들고 호기롭게 제출했고 보란 듯이 1차 서류를 통과했다. 하지만 2차 면접의 벽을 넘지 못했다. 테이트모던은 그로부터 10년이나 훌쩍 지난 2015년, 영국 유학 시절에 실물을 영접하게 된다.

테이트모던은 '도시 재생의 1호 사례'라 할 만큼 세계적으로 유명하다. 인터넷에서 검색하면 엄청난 자료를 만날 수 있을 정도다. 우리나라에도 수명이 다한 공간을 부활시킨 유사한 사례들은 많이 존재한다. 문화비축기지로 재탄생한 옛 마포석유비축기지, 낡은 고가도로에서 녹색 보행로로 변신한 서울로 7017, 폐공장에서 부산의 대표 복합문화공간으로 자리매김한 F1963 등이 그것이다.

이 공간들은 모두 폐산업시설을 재생했다는 공통점이 있다. 이러한 폐산업시설의 재생은 일단 공간 규모와 사업 예산이 크기 때문에 사람들의 주목을 쉽게 끌어들일 수 있다. 즉 이슈화가 잘된다. 이슈화가 잘되는 사업이라는 것은 그만큼 공공(중앙정부 또는 지자체)에서 관심을 많이 갖는다는 것을 의미한다. 이러한 이면에는 지방선거에서 당선되어야 하는 지자체장의 입장과 예산이 큰 사업을 따 와서 실적을 인정받아야 하는 공무원의 처지도 담겨 있다.

반면, 아무리 매력적인 내력이 담겨 있고 의미 또한 깃들어 있더라도 규모가 작거나 그 역사적·문화적 가치가 알려지지 않아 지자체의 관심에서 소외되거나 심한 경우에는 아예 없어지는 공간들이 있다. 내가 이러한 소외된 공간들에 관심을 갖게 된 것은 입사하고 나서 첫 업무였던 '섬진강 문화예술벨트 조성 연구'를 시작하면서부터였다. 이 연구의 공간적 대상은 섬진강 물줄기가 지나가는 하동, 광양, 남해, 순천의 네 지역이었는데, 그중에서도 섬진강을 경계로 마주하고 있는 하동과 광양이 주요 대상이었다.

이 지역으로 출장 갈 때마다 자꾸만 눈에 들어오는 것이 마을에 방치된 빈집, 마을회관이었다. 이 공간들은 안타까움을 자아내는 대상인 동시에 무한한 가능성을 지닌 자원이기도 했다. 일본 나오시마섬의 '이에 프로젝트(빈집과 창고 등을 예술작품으로 재탄생시키는 사업으로 '이에'는 일본어로 집을 뜻한다)' 사례를 접한 나의 눈에 시골의 원형을 보존한 그 집들의 무한한 가능성이 엿보였던 것이다. 그리고 개인적으로 수많은 유럽의 여러 도시를 여행하며 얻은 결론은 작은 도시의 관광자원은 곧 '집과 가게'라는 점이었다. 물론 작은 도시의 빼어난 자연자원은 말할 것도 없다. 오스트리아의 할슈타트 그리고 그리스의 산토리니가 여행객들에게 사랑받는 이유도, 내가 영국의 요크와 코츠월드에 푹 빠져든 사연도 결국은 원형을 보존하고 있는 아름다운 집과 가게 들 때문이라는 결론에 다다랐다. 일본이나 유럽의 사례를 들 것도 없이 서울 종로의 익선동에 사람들이 몰리는 것만 봐도 옛것의 재생은 새것이 줄 수 없는 매력이 있다는 걸 알 수 있다.

이러한 확신 속에 나는 스스로 '빈집 탐사대'의 대장을 자처하고 한 달에 한두 번씩 지역에 내려가 빈집을 탐사하고 다녔다. 한번은 하동의 하덕마을에 숙소를 잡고 길을 나섰다가 마을 입구의 비어 있는 옛 '점빵'에 홀딱 반해 그곳을 살 뻔하기도 했다. 그때 처음으로, 동네에 있는 조그마한 잡화점을 의미하는 '점빵'이란 정겨운 말을 들어봤다. 이미 정해진 임자가 있어 구입할 수 없다는 안타까운 이야기도 듣게 됐지만.

어쨌든 빈집 탐사의 결론부터 말하자면, 빈집 활용에 대한 관심이 전혀 없었던 지자체에게 빈집을 활용해서 문화시설을 조성하자는 사업안은 허무맹랑한 소리였던 모양이다. 지자체가 노골적으로 바라는 사업은 몇 백억 사업비를 들여 도로를 건설하는 것이었다. 나는 봄 한철 벚꽃 행락객들로 차가 막힌다고 거액을 들여 다리 놓는 건 말도 안 된다고 생각했으니 지자체와 나는 생각하는 바가 달라도 너무나 달랐다.

나를 더욱 경악에 빠트린 사건이 있다. 이 사업에 대해 연구하기 바로 전 해에 하동 읍내에 있던 100년 된 양조장이 자취도 없이 헐려버렸다는 사실을 알게 된 것이다. 이 공간을 인터넷에서 우연찮게 발견했을 때 매력적인 관광자원으로 연출할 수 있을 거란 기대에 얼마나 들떠 있었는지 모른다. 허무한 마음에 부질없는 걸 알면서도 하동읍사무소에 전화를 걸어봤다. 대체 무엇 때문에 문화공간으로, 관광자원으로 가치 있는 그곳을 철거해야 했는지.

"주차 공간이 너무 부족해서, 부지를 확보해야 했습니다."

돌아온 답변을 듣고 얼마나 분노가 치밀었는지! 고작 주차장을 만들려고 그런 의미 있는 공간을 없애버리다니! 오직 그곳에 가야만 볼 수 있는, 눈부신 보물의 가치를 이렇게 모를 수가 있는지 너무도 속이 상했다.

문득 조문환 시인이 떠올랐다. 섬진강 문화예술벨트 연구에 본격적으로 들어가기 전에 사업의 방향성에 대한 조언을 듣기 위해 주변에 이런저런 문의를 하다가 그분을 알게 되었다. 하동 토박이인 그분은 공무원으로 근무하시면서 작가로도 활동하고 계시는 분이라고 했다.

시인을 찾아뵙기로 했다. 그런데 처음 통화할 때부터 우리를 반기지 않으시는 모습이더니 인터뷰를 하는 내내

부정적인 반응만 보였다. 기대를 품고 갔던 우리는 힘든 시간을 겪어야 했다. 지금은 시인의 마음을 헤아릴 수 있다. 나라에서 한다고 하는 사업들이 옛것들은 파괴하고 영혼 없는 새것들만 만들어 놓는 짓들을 무기력하게 바라볼 수밖에 없는 그 심정을.

건축가 류현준 교수가 어느 TV 프로그램에서 한 말이 기억에 남는다. 조선시대의 건축물만이 지켜야 할 건물이 아니고 1950~60년대의 건물도 지켜야 할 대상이라고. 그것들도 몇백 년이 지나면 우리가 지금의 조선시대 건축물을 우러러보듯 문화재가 될 수 있다고 말이다. 하지만 현실에서 우리는 너무나도 쉽게 우리의 흔적을 지우고 산다.

이승만 대통령 재임 시절인 1950년대, 서울을 아름답게 꾸민다는 '서울시 미화정책'이라는 이름 아래 광화문 대로 주변의 5층 이하 건물을 모두 철거하고 새로운 건물을 지었다고 한다. 그중 용케 살아남은 건 미국이 소유하고 있던 미국문화원 건물뿐이라고 한다. 정말이지 관광지를 발굴하고 개발하는 사람 입장에서는 아찔한 참사가 아닐 수 없다.(미국문화원 건물은 서울산업진흥원에서 복합문화공간으로 재단장할 예정이라고 한다.) 하동군에서 주차 부지를 확보하기 위해 벌인 그 사건처럼 우리가 모르는 사이 크고 작은 문화적 참사들이 지금도 심심찮게 벌어지는 것 같아 안타깝다.

도시에는 '도시다움'이, 지역에는 '지역다움'이 있어야 한다. 오직 그 지역에만 가야 볼 수 있는 것, 느낄 수 있는 것, 경험할 수 있는 것. 이것이 사람을 불러들이는 핵심 요소다. 웅장한 다리가, 편리한 주차장이 관광객을 불러들이지는 못한다. 관광객의 마음을 움직이는 것은 바로 소소한 이야기를 품고 있는 옛 집과 가게 들이다.

그렇다면 문득 '나다움'은 무엇일까라는 생각이 든다. 옛 건물을 헐고 새 건물을 짓듯 나만이 가진 '나다움'은 한쪽 구석으로 밀어놓은 채 사회가 원하는 규격화된 스펙을 쌓으며 진정한 '나다움'을 잃어오지는 않았나 하는 뒤늦은 물음을 나 스스로에게 해본다. 20대 때의 정형화되어 있지 않았던, 제법 개성 있었던 나는 그간 직장생활의 궤도를 준수하며 사회에서 요구하는 성실한 직장인이자 소시민의 역할에 맞게 제법 규격화되어 버린 것은 아닐까?

조문환 시인은 지금 하동주민공정여행사 '놀루와' 협동조합의 대표가 되셨다고 한다. 마스크를 벗고 마음 편히

돌아다닐 수 있을 때가 오면 내가 찜했던 점빵도 잘 있는
지 볼 겸, 시인과 '나다움'과 '지역다움'에 대한 이야기도
나눌 겸 하동에 가봐야겠다.

6.
복합문화공간으로 탈바꿈한 창고들의 엇갈린 운명
창업에도 필요한 '내돈내산'의 법칙

내 친구는 창고라는 말을 들으면 왠지 음침하고, 거미줄로 뒤덮여 있는 공간이 떠오른다고 한다. '쌀집', '방앗간', '제철소' 등 예전 이름을 그대로 살린 문화공간이 만들어지고 있긴 한데, '창고'라고 하면 왠지 어둡고 습기 가득한 으스스한 이미지를 떨쳐버릴 수 없다고 한다. 내가 '빈집 탐사대' 대장이 되어 땀나도록 빈집과 함께 빈 창고를 찾아다니고 있다고 했더니 그녀가 한 말이다. 하지만 친구의 고정관념을 깨기라도 할 듯이 요즘 여러 도시에서 '창고'를 매개로 '힙플레이스'들이 등장하고 있다.

순천에도 유명한 '청춘창고'라는 복합문화공간이 있는데, 순천시가 10억여 원을 들여 70년도 더 된 양곡창고를 개조해서 2017년 2월에 오픈했다. 나는 '섬진강 문화에술벨트 조성 연구'를 하다가 벤치마킹을 할 겸 이곳을 찾아갔다.

이곳은 우리나라 '1세대 창고 재생 복합문화공간'이라고 할 만큼 상징성을 띠고 있다. 규모도 대단하다. 여느 가정집이나 조그만 공장에 딸린 창고가 아니다. 2층 구조로 자그마치 300평이나 되는 거대한 규모를 자랑한다. 창고 1층에는 청년들이 운영하는 각종 식음료 매장들이, 2층에는 공방들이 입점했다. 문을 연 지 1년 만에 30만 명이라는 여행객이 다녀갈 정도로, 지자체에서 시행한 사업 중 '베스트 오브 베스트' 사례로 꼽힐 만했다.

순천은 내일로(만 27세 이하 젊은이들에게만 판매하던, 정해진 기간 내 무제한 열차 탑승권)를 이용하는 젊은 여행객들의 성지고, 청춘창고는 순천역에서 걸어서 5분 거리에 위치해 있었으니 딱히 젊은이들 취향의 식음 공간이 없었던 이 도시에서 이곳은 젊은이들의 집결지가 될 수밖에 없었다.(지자체 사업이 수요를 고려하지 않고 사업을 시작했다 실패하는 경우가 부지기수인데 수요를 고려해 사업을 착안

했다는 점에서 순천시는 10점 만점에 10점을 받을 만하다!)

'와, 엄청 크다!'

내가 처음 청춘창고를 갔을 때 마주한 느낌이 이러했다. 천장이 높으니 뭔가 확 트인 시원한 기분이 들었다. 그리고 그 공간에서 수많은 젊은이들이 활기를 내뿜고 있어 생동감이 느껴졌다.

2019년, '쇼핑관광명소 육성' 프로젝트 사업차 순천을 다시 찾게 되었다. 나는 이 사업에서 여수와 순천을 담당하고 있었다. 청춘창고 2층에 있던 공방에서 봤던 상품들 중 관광기념품으로 발굴할 만한 것이 있었다는 기억을 떠올리고 그곳을 찾아갔다. 그런데 창고가 변해 있었다. 여기가 그곳이 맞나 싶을 만큼 극명하게 달라져 있었다. 청춘들이 내뿜었던 활기는 온데간데없고, 2층 공방에서도 사람의 온기를 찾을 수 없었다. 심지어 자리를 지키고 있어야 할 공방 주인들조차 보이지 않았다.

결국 순천의 관광기념품을 발굴하겠다는 목적을 이루지 못한 채 발걸음을 돌렸다. 그래도 순천까지 왔는데 그냥 가기가 아쉬워 동행한 팀원과 커피 한 잔을 마시기로 했다. 문득 머릿속에서 우리 팀과 프로젝트를 같이 진행하는 실장님의 목소리가 떠올랐다.

"청춘창고 간다고요? 그 앞에 더 좋은 데 생겼어. 거기도 창고 개조해서 만든 곳이래."

고개를 돌려보니 정말 길 건너 맞은편에 또 다른 창고가 보였다. 청춘창고보다 더 허름해 보이는 이곳은 눈에 띄는 간판도 없어 안에 들어가도 될까 싶을 정도다. 긴가민가하며 조심스럽게 문을 열었다가 눈이 번쩍 뜨였다.

갑자기 생각지도 못한 거대한 공간이 펼쳐졌다. 청춘창고를 처음 방문했을 때보다 훨씬 압도적인 공간감이 느껴진다. 문을 열자마자 마주하는 엄청나게 큰 선인장 무리도 인상적이고, 벽면 한쪽에 정체불명의 거대한 기계가 존재감을 뿜어내고 있다.

'설마… 젊은 층이 이제 청춘창고 말고 이곳을 찾는 걸까?'

불현듯 머릿속에 이런 생각이 떠오른다. 그럴 수도 있겠다 싶었다. 이곳은 청춘창고 길 건너편이니 순천역에서도 가깝고, 컨베이어 벨트를 테이블로 사용해서 이색적인 감각을 자극하는 등 훨씬 더 트렌디한 인테리어로 중무장하고 있다. 복합문화공간과 카페라는 성격이 다르긴 하지만, 독특하고 개성적인 공간과 그 분위기를 소비하러 오는 젊은이들에겐 콘셉트가 겹치는 곳이었다. 서로 라이벌이 될 수밖에 없는 관계였다. 창고 대 창고의 격돌이랄까.

무엇이 두 공간에 대한 승패를 극명하게 가른 것일까? 두 공간은 공공과 민간으로 운영 주체가 다르다. 청춘창고는 순천시라는 지자체가, 건너편 카페는 개인사업자가 운영하고 있다. 간혹 몇몇 사업 현장에서 공공과 민간이 경쟁(이라는 표현이 적절한지는 모르겠지만)을 하는 경우를 보게 되는데, 대개는 민간이 승리한다. 이유를 따져보면 그럴 수밖에 없는 사업구조가 보인다.

사업의 출발점부터가 다르다. 공공사업은 나랏돈('눈먼 돈'이라는 별칭으로도 불린다)을 받아서 추진된다. 청춘창고에 입점한 식음 매장과 공방을 운영하던 청년들은 자기 돈을 들이지 않고 2년 동안 무상으로 공간을 빌려 사업을 시작한다. 하지만 건너편 카페는 사정이 다르다. 그 큰 공간을 리모델링하고 카페로 오픈할 때까지 공간을 어떻게 꾸밀지 굉장히 고민을 하고 많은 자본을 투자했을 것이다. '내 돈이 얼마나 투자되었는가.' 결국은 절실한 쪽이 이기게 마련이다.

청춘창고에서 2년 동안 매장을 운영하고 재창업을 하는

지원자의 비율이 20퍼센트에 불과하다고 한다. 무상으로 2년간 점포를 사용하면서 창업 기반을 다진 청년들이 창업에 성공하는 것이 복합문화공간이자 창업 인큐베이팅 공간으로서의 성격을 지닌 청춘창고의 목표인데, 그 기능이 유명무실해 버린 셈이다. 심심찮게 목격하게 되는 공공사업의 민낯이기도 하다.

남해에도 유명한 창고가 있다. 바로 '남해 돌창고'다. 이곳은 50여 년 전에는 양곡과 비료를 보관하기 위한 공간이었다가 빈 창고가 되어 버려져 있었는데, 여기를 유심히 봐둔 최승용 대표가 2016년에 매입해 기존 창고의 원형을 훼손하지 않은 채 리모델링했다. 돌창고는 복합문화공간으로 젊은 여행자들 사이에서는 남해의 명소로 입소문을 타고 있다.

'섬진강 문화예술벨트 조성 연구'를 진행하며 지역 문화예술 관계자들을 대상으로 주최한 워크숍 자리에서 최대표를 처음 만났다. 돌창고에 대한 그의 열정은 대단했다. 포부 또한 설득력이 있었는데, 실제로 그는 남해로 귀촌해 정부 지원을 한 푼도 받지 않고 창고를 매입하고 복합문화공간으로 만들어 냈다. 서면에 있는 '대정 돌창고'

에 이어 삼봉면에 있는 '시문 돌창고'까지 두 곳을 운영하고 있다. 남해의 잊힌 오래된 이야기들이 새로운 옷을 입고 이곳을 찾는 사람들과 만나고 있다.

요즘 나의 아주 심란한 걱정거리가 있다. 바로 하나밖에 없는 아홉 살배기 아들 녀석이 어려운 일에 도전하는 걸 극도로 꺼린다는 점이다. 할 수 있을 것 같은 일만 하고 실패할 것 같으면 아예 시도를 하지 않는다. 무엇을 만들다가도 조금만 안 되면 팽개쳐 버리기 일쑤다. 삼대까지는 아니더라도 이대독자에 친가와 외가를 통틀어 하나밖에 없는 손주이니 온실도 아주 '럭셔리 온실' 환경이라 아이의 자생력이 자랄 틈이 없는 것 같다.

아이가 이렇게 쭉 자라면 나중에 커서 순천창고에 입주하는 것과 스스로 남해 돌창고를 개척해야 하는 선택지를 받아든다고 할 때 어떤 선택을 하게 될지는 안 봐도 뻔하다. 다음번 가족여행지는 순천과 남해로 잡아야겠다. 아들 녀석을 이해시킬 수 있을지 모르겠지만, 현장의 분위기에서 무언가 느껴지는 것이 있지 않을까?

3장.

한류의 결정판,
'K-투어'의 열풍을 꿈꾸며

1.
"그런데 한국에는 뭐가 있니?"

일본에 푹 빠진 영국 할머니의 순수한 도발

영국 유학은 가족과 함께했다. 캠퍼스 내 기숙사에서 1년 남짓 함께 살다가 9월경 모든 수업이 끝나고 논문을 작성하는 일만 남게 되자 남편과 아들은 먼저 귀국하고, 나는 두 달만 더 머무르기로 했다. 그쯤 되면 논문도 마무리할 수 있었다.

학교 부근 하숙집은 장기로 대여해 주는 방식이라 두 달 정도 단기로 빌릴 수 있는 방을 찾기가 어려웠다. 다행스럽게도 내 사정을 알게 된 캐서린 할머니가 찾아봐 주겠다고 한다. 이분은 매주 외국인 학생들을 자기 집에 초대해 함께 성경을 공부하고 근사한 영국식 가정식을 차려

주시는 천사 같은 할머니다.

캐서린 할머니에게서 도움을 요청한 지 채 48시간도 안 되어 연락이 왔다. 자기 이웃집에 남는 방이 하나 있는 사람이 있다고 했다. 그렇게 해서 나는 린 할머니의 집을 방문하게 되었다. 그녀가 보여준 전형적인 영국식 주택의 2층 방은 큰 창 너머로 넓디넓은 정원이 내려다보이는, 아담하지만 너무도 사랑스러운 공간이었다. 나는 그 방에 발을 들이자마자 한눈에 빠져버렸다.

그런데 그 방이 대단히 마음에 들었지만 나는 바로 짐을 내려놓을 수가 없었다. 방을 함께 둘러보고 나서 린 할머니가 이런저런 질문을 하더니, 곧 연락을 주겠다며 현관문으로 나를 안내하는 것이 아닌가.

'으응? 돈 낼 사람, 그러니까 내가 이 방을 빌릴지 말지 결정하는 게 아니란 말이야?'

할머니는 나를 당신의 세입자로 받아들일지 말지 생각해 보고 연락을 주시겠다는 뜻이었다. 이런, 그저 하늘에 맡길 수밖에 없었다. 방 찾는 것도 힘들고, 정 안 되면 한국에 돌아가서 논문을 마무리해야겠다고 생각하고 마음을 비웠다.

이틀 정도가 흘렀을까. 린 할머니에게서 문자가 왔다.

내가 원하면 그 방을 빌려주겠다는 내용이었다. 난데없는 세입자 면접 합격은 유학을 받아준 워릭Warwick 대학 입학 통지서를 받았을 때의 기쁨에 견줄 만했다. 그렇게 나는 린 할머니 부부의 집 2층 세입자가 되었다.

그 집의 두 부부는 저녁때마다 거실에서 TV를 함께 봤다. 보통 영국인들은 정원 가꾸기와 관련된 프로그램 혹은 최고의 베이커Baker를 뽑는 오디션 프로그램을 좋아한다. 그런데 어느 날인가는 TV에서 다른 프로그램이 나오고 있었다. BBC 채널에서 일본 여행 프로그램이 나오고 있는 것이 아닌가!

린 할머니는 자기가 이 프로그램을 엄청 기대하고 있었다며 나도 얼른 와서 보라고 손짓하신다. 영국의 방송인이 일본의 문화재, 맛집을 찾아다니고 장인도 만나 인터뷰도 하고 체험도 하는 내용인데, 영상미가 매우 탁월했다. 일본이 꽤나 익숙한 나에게도 일본에 가고 싶게 만드는 영상이었으니 린 할머니 부부에게는 그 방송이 얼마나 흥미진진했을까.

방송이 끝나갈 무렵 린 할머니는 자기는 나중에 꼭 일본에 가볼 계획이라며 나에게 "그런데 한국에는 뭐가 있

니?"라는 질문을 날리신다. 마치 일본에는 저런 것도 있
는데, 한국에는 없지 하는 뉘앙스가 느껴져 순간 나도 모
르게 "What the"로 시작하는 걸쭉한 입담이 쏟아질 뻔했
다. 하지만 세입자라는 정체성을 유지하며 아주 친절하게
말씀드렸다.

"한국에는 여기 방송에 나왔던 일본 신사 같은 문화재
뿐 아니라, 고유의 문화를 살린 공간과 의복, 물건도 굉장
히 많아요."

"아, 그렇구나OK, I See."

할머니의 싱거운 반응을 보며 나는 또 한 번 속이 뜨거
워졌다.

또 일본이라니! 분하다! 외국 나가면 모두 애국자가 된
다더니 한국에서는 평범하게 살았던 나도 몸속 어딘가에
잠들어 있던 '나라사랑 DNA'가 작동하는 모양이다. 집주
인께서는 영국의 공영방송에서 저토록 신비하고 장인정
신이 철철 넘치는 나라로 묘사되는 일본에 흠뻑 빠져 있
는 반면, 한국이란 나라에 대한 관심이 1도 없다! 10여
년 전 호주에서 어학연수를 할 때에 비하면 해외에서 우
리나라에 대한 인지도도 제법 높아졌다고 생각했는데, 아

직 우리나라는 서양에서만큼은 관광 목적지로는 여전히 생소하게 여겨지고 있다는 걸 깨달았다.

일본은 대체 뭘 어떻게 했기에 BBC에도 소개되고, 평범한 영국 할머니도 너무도 가고 싶을 정도로 국가 브랜드 이미지를 만들었는지 궁금해졌다. 나는 자료도 찾아보고 주변 외국인 친구들과 이야기를 나누며 나름 실마리를 찾았다.

가장 눈에 띄는 것은 바로 유명한 예술가 모네와 고흐의 영향이었다. 일본은 에도시대에 목판기술의 발달로 판화가 발전했는데, 이 판화는 일본 도자기의 포장지가 되어 유럽에 전해졌다. 이 그림은 서양 미술계에 신선한 돌풍을 일으키며 '자포니즘(19세기 중반에서 20세기 초까지 서양 미술 전반에 나타난 일본 미술의 영향과 일본적인 취향 및 일본풍을 즐기고 선호하는 현상)'을 불러일으켰던 것이다. 이 자포니즘에 심취했던 대표적인 두 화가가 하필 모네와 고흐였던 것. 모네는 〈기모노를 입은 카미유〉라는 작품을 남겼고, 고흐는 〈탕기 영감의 초상〉이라는 작품의 배경에 다양한 일본 판화를 그려넣었다. 이러한 서양 예술계의 두 거장이 자포니즘에 심취했으니 서양인들이 일본이라는 나라에 대한 동경을 갖게 된 것은 당연지사 아니겠는가?

예술의 힘이란 참 대단하다. 모네와 고흐는 19세기에 서양에서 일본의 홍보대사를 자처했던 셈이다. 우리나라는 21세기가 돼서야 한류를 통해 국가 인지도를 세계에 넓히고 있으니, "그런데 한국에는 뭐가 있니?" 하는 린 할머니의 물음에 실은 내가 욱할 일도 아니었다.

2000년 말, 한국관광공사가 한국홍보영상물로 기획한 이날치밴드의 〈범 내려온다〉(영상의 정식 타이틀은 〈Feel the Rhythm of Korea〉)는 그야말로 '초대박'을 터뜨렸다. 다양한 매체에서 이 영상의 성공 비결을 'B급'에서 찾고 있는데, 나는 여기에 하나를 덧붙이고 싶다. 성공의 비결 중 하나는 바로 우리나라의 전통예술인 판소리를 접목했기 때문이 아닐까 싶다. 판소리라는 것은 세계에서 유일하게 우리나라만이 가진 것이다. 일본 판화는 서양에는 없는 일본만의 것이었기에 센세이션을 일으켰던 것이고 판소리는 우리만이 가진 것이기에 외국인들에게 생경하게 들렸고 이것이 신선하게 느껴졌을 것이다.

그리고 솔직히 이야기하자면 나는 이날치밴드의 한국홍보영상의 성공이 마냥 기쁘지는 않다. 한국관광공사가 알면 콧방귀를 낄 일이지만, 라이벌 회사의 성공을 마냥 축하할 일은 아니지 않은가.(물론 조직의 규모, 사업 예산도 우리 회사와 한국관광공사를 비교할 수 없다는 건 잘 안다.) 근거 없는 경쟁의식을 언제부터 장착했는지 알 수 없지만, 나도 언젠가 우리나라를 국제적으로 알릴 제대로 된 영상을 만들고 싶다는 원대한 꿈을 품고 있다.

그런데 실제로 내 도전의식에 불씨를 당길 제안이 들어왔다. 문화체육관광부로부터 한복을 활용한 홍보를 해달라는 의뢰가 들어온 것이다. 예전 유튜브에서 우연찮게 그리스 신전을 무대로 삼은 돌체앤가바나 패션쇼 영상을 보면서 우리나라 문화공간에서도 한복으로 저런 패션쇼를 하면 근사하겠다는 생각을 하던 때도 기억났다. 우리 팀은 야심차게 'K-Art × 테마여행 10선 글로벌 홍보영상 제작' 프로젝트를 추진하게 되었다.

원래는 '한복'에 포커스를 맞췄는데, 우리 팀에 국립극장에서 PD로 일했던 직원이 있어 그녀의 인맥을 동원하여 국내외에 내로라하는 아티스트 다섯 팀이 합류하기로 하면서 영상의 키워드는 한복에서 'K-Art'로 확장되었다. 코로나19 바이러스 유행의 여파로 아티스트들의 해외 공연이 취소되면서 이들의 참여가 확정되었고 판이 커졌다.

코로나19 바이러스 때문에 골머리를 싸매야 할 일만 많았
는데, 이런 식으로 도움을 받기도 하다니 정말 인생은 알
수가 없다.

고작 나까지 해도 세 명뿐인 팀에서 전문 대행사의 도
움 없이 이런 프로젝트를 할 수 있을까 싶었는데, 이렇게
도 일이 풀린다. 실은 초반에 "팀장님, 과연 우리가 해낼
수 있을까요?" 하며 팀원들이 불안을 내비칠 때마다 나
는 "당연히 할 수 있지. 못할 건 또 뭐야" 하며 자신감을
내비쳤는데, 이제야 나도 체면이 선다.(사실 이 프로젝트의
큰 자산은 나의 대책 없는 긍정과 낙천적 성격이었다.)

생각보다 프로젝트의 규모가 커져서, 우리가 가진 예산
으로는 겨우겨우 최소한의 제작비만 충당할 수 있는 형편
이라 요즘 나는 영상 홍보에 필요한 협찬을 받으러 지자
체를 방문하는 일이 주 업무가 되었다. 다행스럽게도 많
은 지자체에서 이 프로젝트의 취지에 공감하며 도움을 주
고 있다.

"5천만 땡기자."

나는 농담하듯, 주문하듯 자주 팀원에게 말을 건네곤
했는데 이 말이 실현될 것 같다. 최근 몇 년 전부터 우리
나라는 동남아 국가에 관광객을 유치하기 위해 적극적인

마케팅을 펼쳐왔다. 한국관광공사의 이날치밴드의 홍보 영상도 동남아 국가를 대상으로 광고 집행을 많이 했다고 한다. 동남아도 동남아지만, 우리 홍보영상이 만들어지면 맘 같아선 나는 BBC에 먼저 연락해서 홍보 루트를 뚫고 싶다. 그럼 린 할머니도 한국이란 나라를 다시 볼 수 있겠지?

2.

구글맵 서비스를 사용할 수 없는 IT 강국의 아이러니

분단국가 관광개발연구원의 비애

2001년의 어느 여름 날. 15킬로그램이 넘는 배낭을 멘 채 나는 로마의 뙤약볕을 맞으며 절망에 빠져 있었다. 이 골목이 저 골목 같고 저 골목이 이 골목 같은 골목길을 헤매는 동안, 체크인 해야 하는 호텔을 찾을 수 없었던 것이다. 한글 간판이 펼쳐진 내 나라에서도 길을 헤맬 정도로 길치인 내가 로마에 와서 갑자기 지도를 제대로 보고 길 찾는 능력이 생겨날 리 없었다. 나보다는 방향감각이 나은 친구도 로마에서는 더위 때문에 그 능력을 잃었는지 로마의 골목을 뱅뱅 돌고 또 돌 뿐이었다. 그렇게 한 시간이 흘렀을까? 길을 묻고 또 묻고 돌고 돌다가 드디어 기적처럼 호텔을 발견했다.

그로부터 10여 년의 시간이 흘러 나와 남편은 스페인으로 여행을 떠났다. 스마트폰으로 구글 리뷰에서 칭찬이 자자한 레스토랑을 발견했고 구글맵으로 그곳을 찾아갔다. 프랑스에서는 렌트한 차량에 핸드폰을 장착하고 구글맵의 훌륭한 안내를 받으며 이 도시에서 저 도시를 누볐다. 구글맵 덕분에 더 이상 로마의 뙤약볕 아래에서 지옥 같은 한 시간을 경험할 필요가 없다. 우리는 이토록 편안하게 해외여행을 하고 있는데, 우리나라에 여행을 하러 온 외국인들은 과연 5G 강국인 대한민국의 IT 문명의 혜택을 보고 있을까?

아쉽게도 대답은 "No"다. 우리나라에서 구글맵을 이용하는 사람은 얼마나 될까? 아마 우리나라 사람들 대부분은 다른 포털의 지도 서비스를 이용할 것이다. 우리나라에서는 구글맵을 사용할 수 없기 때문이다. 정확히 말하면 구글맵 서비스로는 대중교통을 이용한 길 찾기만 이용할 수 있고, 자동차 길 찾기, 도보 길 찾기 서비스는 이용할 수 없다. 그 이유는? 우리나라 정부에서 지도 정보를 제공하는 걸 금지시켰기 때문이다. 북한에서 이 구글 서비스를 이용해 우리나라의 안전에 위해를 가할 수 있다고 생각하기 때문이 아닌가 싶다.

　그렇다면 외국인들은 도대체 우리나라에서 어떻게 길
을 찾아야 한단 말인가? 서울 같은 대도시야 영어도 잘
통하고 곳곳에 외국인 여행객을 위한 관광안내소라도
있다지만, 작은 도시와 시골로 내려가면 외국인 여행객
입장에서 관광 환경이 열악해도 너무할 정도로 열악하
다. 이러니 단체 관광객 말고 요즘 여행 트렌드에 맞게
FIT^{Foreign Independent Tourist}(외국인 자유 여행객)를 유치해야 한
다고 핏대를 세우며 이야기한들 무슨 소용이 있을까? 가
이드 없이 자유롭게 여행할 수 있는 환경이 안 되어 있는
한 입만 아플 공허한 메아리 같은 이야기일 뿐이다.

　이가 없으면 잇몸이라고, 각 지역의 지자체에서는 지도
가 안 된다면 가이드를 활용해 볼 방안을 만들었다. 외국
여행객들이 삼삼오오 지방으로 가도 편안하게 여행할 수
있도록 가이드를 붙여주어 지방 관광을 활성화시킬 궁리
를 했다. 내가 참여하고 있는 '테마여행 10선' 사업에서
는 각 지자체에서 외국어 관광 가이드를 육성하고 있다.

　어느 날 각 지역의 사업관리단이 모여 회의하는 자리에
서 전북 지역을 담당하고 있는 교수님이 한 말씀 하시는

데, 현장의 답답함과 먹먹함이 그대로 전해오는 듯했다.

"외국어 관광 가이드 육성, 이거 정말 힘듭니다. 베트남어 생판 모르는 사람한테 베트남어 가르쳐서 관광가이드 하라고 하니 그 사람이 다시 태어나는 걸 기다리는 게 낫겠어요. 다문화 가정 여성을 교육에 참여시켜 육성하려고 하니까 그분들은 다들 생업이 있어서 교육에 참여할 수 없다고 하고…."

우리나라의 인바운드Inbound(해외 관광객이 우리나라로 오는 것을 의미. 반대로 아웃바운드는 우리나라 여행객이 해외로 가는 것을 의미한다) 관광마케팅을 담당하고 있는 기관인 한국관광공사도 답답한 마음에 외국인 관광객을 위한 지도 서비스를 개발하려 애쓰고 있는 것 같다. 하지만 전 세계 언어로 번역되는 구글맵 수준의 지도를 개발하려면 천문학적 수준의 비용이 들 것이 뻔하다. 그리고 돈을 받고 서비스를 제공할 것도 아닌데, 이 비용을 어디서 어떻게 충당한단 말인가?

우리 팀도 우리 팀대로 여러 난관에 부딪혔다. 내국인보다 외국인을 타깃으로 한 '테마여행 10선' 사업을 맡으며 여러 가지 야심찬 계획들을 세워놓았다. 물론 코로나

19 바이러스가 이렇게 터질 줄은 몰랐다. 그나마 바이러스 시국에서 실행할 수 있는 몇 안 되는 업무 중 하나가 글로벌 여행정보 제공 사이트에 여행 정보를 등록하는 것이었다. 우리나라의 가볼 만한 여행지, 맛있는 음식점, 축제 정보를 외국어로 사이트에 올리는 활동이었다. 하지만 구글맵 없이 이 장소들을 어떻게 찾아오라고 해야 할까? 여행객들은 예전 로마에서 방황했던 나처럼 알아들을 수 없는 그 나라의 말로 답하는 주민들을 만나 손짓발짓으로 의사소통을 하고 익숙하지 않은 이정표를 찾아 헤매게 될 것이다.

지자체들도 외국인 관광객을 불러들이기 위해 나름 고심하고 있다. 그래서 고안해 낸 방법이 인바운드 여행사에 외국인 관광객을 유치하면 한 명당 얼마를 인센티브로 지급하는 정책인데… 얼마나 구태의연한 발상인지 마음이 답답하다 못해 먹먹해진다. 이것이 우리나라 관광산업의 현실이다!

물론 해외 여행객이 서울과 부산, 제주 등에만 몰리는 현상을 단순히 구글맵 탓으로만 돌릴 수는 없다. 지역의 인지도 및 홍보 부족, 불편한 교통 등 다양한 원인이 있다. 그래도 구글맵이 제대로 작동되지 않게 하는 현실, 분단국가의 핸디캡은 원망스럽기만 하다. 외국인 관광객을 유치하기 위해서는 통일부터 해야 하는 건가!

얼마 전 '테마여행 10선' 사업 전체 회의에서도 외국인 관광객 유치에 대한 자조 섞인 목소리들이 터져 나왔다. 우리나라의 여행사나 항공사는 내국인들의 해외여행 수용에 발맞춰 바쁘게 움직이고 있는데, 국내를 찾는 외국인들을 그만큼 끌어들이기 위해 무엇이 필요한지 모두 고심하며 의견을 쏟아냈다. 지방에 가면 외국인을 위한 메뉴판을 구비한 음식점을 제대로 찾아보지 못하는 현실적 문제, 지역 내 외국인 관광통역사를 어떻게 발굴하고 육성할 것인지에 대한 고민 등 듣자 하니 문제는 꼬리에 꼬리를 물고 나타났다.

"그냥 우리가 관광통역안내사 자격증을 따서 지방으로 내려갈까?"

회의를 마치고 마음이 잘 맞는 팀장과 답답함을 서로 토로하다가 엉뚱한 결론에 다다랐다. 그녀나 나나 돌직구 행동파 스타일이라 막막한 현실에서 우리가 할 수 있는 방법을 이야기하다가 도출해 낸 결론이었다. 엉뚱하긴 하지만, 실제로 관광통역안내사가 되려면 어떻게 해야 되는

지 인터넷에서 검색해 보니 마침 몇 달 뒤에 치러질 시험 공고가 나와 있다.

우선 외국어 시험성적을 제출하고 원서 접수를 마치면 한 달 반 후에 시험을 치른다고 한다. 시험과목을 찾아보니 국사, 관광학개론, 관광법규 등이다. 국사는 내가 학창 시절부터 가장 좋아하는 과목이자, 한국사능력검정시험에서도 한 문제만 틀린 전적이 있어 자신 있다. 관광법규와 관광학개론은 공부한 적이 없긴 한데, 회사 내 최고 선생님들이 계시다. 대학에서 관광법규를 강의하셨던 이 사님, 현재 관광학개론을 강의하고 계신 실장님이 있으니 이분들에게 빡세게 과외를 받으면 필요한 점수는 나오지 않을까?

우리 회사의 정확한 업종은 '학술연구기관'이다. 그런데 얼마 전 대표님의 뜻에 따라 '여행업'이 추가되었다. 대표님은 규모가 크지 않더라도 외국인 여행객을 유치해 보자는 뜻을 품고 있다. 관광통역안내사 자격증을 따겠다고 하면 어떤 반응을 보이실까? 그나저나 이 시험은 필기 시험 후 1, 2차 면접도 있다는데 과연 내가 몇 달 후에는 구글맵 서비스 부럽지 않은, 외국 여행객의 눈과 귀가 되어주는 존재로 태어날 수 있을까?

어쨌든 올해도 야심차고 엉뚱한 계획 덕에 바쁘게 보낼 것 같다.

3.

가장 한국적인 것 중 가장 세계적인 것은?

외국인에게 부산 어묵이란?

어린 시절부터 엄마가 나를 보며 혼잣말처럼 하는 말씀이
있다.

"너는 전 세계를 누비며 일을 해야 하는데…."

여느 부모님과 마찬가지로 나의 엄마도 딸의 능력을 엄
청나게 과대평가한다. 하지만 그 말씀이 아주 헛된 건 아
니었다. 중학교 다닐 때부터 나는 학교에서 '나의 꿈'을
적는 칸에 '외국 회사에서 일하기' 혹은 '외교관 부인이
되어 전 세계를 돌아다니기(내가 직접 외교관이 될 생각을
안 한 걸 보니 나는 어릴 때부터 나의 능력을 잘 알고 있었나
보다)'로 망설임 없이 채웠다. 그 희망사항이 무의식중에

도 꿈틀대고 있었는지 첫 직장이었던 해운회사에서는 금발의 선박 브로커를 만나기도 하고, 중국조선소에서 선박을 매입하는 등 어린 시절의 꿈을 아주 미약하게나마 실현하기도 했다.

그 후 자리를 옮겨 7년 동안 몸 담았던 회사에서는 이 꿈을 이룰 기회가 전혀 없었다. 그러다가 관광개발연구원이 되어 1년이 지났을 무렵, 내 심장을 활어처럼 팔딱팔딱 뛰게 만드는 프로젝트를 만났으니 바로 '글로벌 쇼핑 관광명소 육성' 프로젝트였다. 이 프로젝트의 취지는 이러했다. 우리나라를 찾아오는 외국인 방문객 중 가장 많은 수를 차지하는 나라는 단연 중국, 그들의 제 1의 방문 목적은 바로 '(면세점) 쇼핑'이다. 이 쇼핑의 영역을 서울 말고 지방으로 넓혀보자, 지방에도 쇼핑 인프라를 조성해서 외국인 관광을 활성화해 보자는 것이었다.

'아무리 지방에 쇼핑 인프라를 만든다고 외국인들이 쇼핑하러 지방까지 갈까?'

전문가가 아니더라도 이 같은 의구심은 누구라도 떠올릴 법하다. 물론 우리 회사의 구성원들도 이 같은 의문을 제기했다. 그러나 이미 프로젝트는 발주되어 있었다. 나는 어찌됐든 무엇보다도 '글로벌'이라는 이름이 붙은 이 프로젝트에 관심이 갔다. A 실장님 팀과 협업해서 열심히 제안서를 작성했고, 이 프로젝트는 무사하게 우리 품에 안겼다.

이 프로젝트의 대상지는 순천, 여수, 부산, 통영이었다. 우리 팀은 순천과 여수, 실장님 팀은 부산과 통영을 맡기로 했다. 지역별로 쇼핑 관광명소의 콘셉트를 구상하고 디테일한 업무를 진행해 나갔다. 어떤 상품을 주요 상품으로 내세울지, 쇼핑할 장소의 특성을 파악한 후 어떻게 개선할 것인지는 물론, 지역 주민들을 위한 컨설팅도 고려해야 했다.

여러 프로젝트에 참여하고 담당해 보았지만 이 정도로 흥미진진했던 프로젝트도 드물었다.(아마도 쇼핑과 관련되어 있었기 때문일 게다. 실제로 상품을 발굴하면서 나는 지갑을 열어 카드 결제를 한 적이 한두 번이 아니었다.) 매 순간이 흥미롭고 재미있었는데, 그중 외국인들을 모아놓고 진행했던 FGI^{Focus Group Interview}(포커스 그룹 인터뷰)가 가장 기억에 남는다.

이 프로젝트는 엄연히 외국인 관광객을 타깃으로 하고 있어서 우리는 그들의 솔직한 생각과 느낌을 속속들이 알아야 했다. 때문에 해당 지역을 방문한 외국인을 대상으로 설문조사도 하고 빅데이터도 분석해 보았다. 이를 통해 실제로 이 지역에서 외국인들이 어떤 제품을 많이 사고 어떤 상품에 관심이 있는지 대략적으로 파악할 수 있었다. 하지만 이 조사 결과만으로 외국인들의 진짜 '니즈'를 알아내기에는 역부족이었다.

우리는 외국인들을 직접 만나 그들이 상품을 직접 체험하게 하고 그들의 이야기를 듣기로 했다. 그것이 바로 FGI의 목적이었다.

'하지만 외국인들을 어디서 데려와야 하나?'

우리 회사에 외국인 직원이 있는 것도 아니고, 이태원에 나가 흔히 말하는 '길거리 섭외'를 할 수도 없는 노릇이었다. 어떻게 하면 좋을지 고민하고 있던 나에게 나 스스로 생각해도 대견한 아이디어가 떠올랐다. 그 당시 나는 교회 기도모임에 나가고 있었는데, 그 모임에 우리 교회의 중국인 예배를 담당하고 있는 중국인 전도사님이 있었던 것이다. 나는 전도사님에게 내가 담당한 프로젝트를 설명하고 내가 겪는 고민을 털어놓았다. 전도사님은 일요일 예배 후 중국인 학생들을 모아주겠다는 시원한 답변을 주었다.

그 시점에서 나는 우리 동네의 지정학적 위치에 대해 얼마나 큰 자부심을 느꼈는지 모른다. 한국외국어대와 경희대가 모두 도보 10분 거리에 있어 외국인 학생들이 많이 거주하는, 나름대로 글로벌한 동네에 살고 있었던 것이다. 당연히 교회에도 많은 외국인 학생들이 다니고 있었다. 전도사님의 도움으로 중국인은 확보가 되었지만 다양한 국적의 사람들이 필요했다.

또다시 머리를 굴려보니 내가 속한 교회의 작은 모임에서 만난 미국인 J가 떠올랐다. J는 영어예배에 참석하고 있었는데, 마침 본인이 예배시간의 광고 담당이라며 FGI 모집 광고를 해주겠다고 나섰다.

이렇게 어느 일요일, 교회의 한 예배실에서 예배가 아닌 FGI를 위해 다양한 국적의 사람들이 모여 앉게 되었다. 중국사람, 홍콩사람, 페루사람, 캐나다사람, 미국사람, 베트남사람 등 대략 10여 명 정도가 참석했다. 나와 실장님은 미리 테이블에 네 개 지역의 쇼핑 상품들을 진열해 놓았다. 부산 어묵, 통영 누비가방, 순천 엽서, 여수의 동백꽃빵 등 그동안 출장 다니며 공수해 온 상품들이 다 모였다.

도대체 무슨 일이 벌어질지 호기심 가득한 그들의 눈동

자를 바라보며 우리는 우리 프로젝트를 소개했다.

"자, 여기 테이블에 놓여 있는 상품들을 구경하시고 만져도 보고 맛도 보시고 나서 상품평을 부탁드립니다."

자리에 있던 외국인들이 테이블에 다가와 상품을 구경하고 음식을 먹어본다. 나는 그들 곁에서 상품에 대해 자세히 설명하고 이것저것 물어보면서 최대한 그들의 생각을 알아내려고 했다.

"다 보셨으면 자리에 앉아서 자유롭게 의견을 말씀해 주세요."

앞에 서서 그들을 바라보며 질문을 하고 보니 내가 꼭 어학당의 교사가 된 기분이었다.

"어묵은 너무 피쉬fishy해요. 이런 맛은 태어나서 처음이에요."

페루사람이 말한다. 비린 맛이 난다는 말이다. 처음 먹는 맛에 호감보다는 생소함이 먼저 느껴지는 모양이다.

"그나마 안에 치즈가 들어 있는 어묵이 나은 것 같아요."

미국사람도 한마디 거든다. 아무래도 어묵은 서양사람들에게는 거리감이 있는 것 같다.

"전 어묵이 맛있었어요. 어묵, 떡볶이를 밀키트로 개발해도 좋을 것 같은데요."

중국사람이 전혀 다른 답변을 내놓는다.

이번에는 여수 동백꽃빵에 대한 품평이 시작되었다.

"빵 안에 들어 있는 게 맛이 좀 이상해요."

미국사람이 고개를 갸웃거리며 입을 연다. 팥은 생전 처음 먹어본다고 한다.(그래도 이렇게 맛있는 팥앙금이 이상한 맛이라니!) 그러더니 말을 잇는다.

"아까 설명해 주실 때 그 지역 어르신들이 직접 손으로 딴 동백꽃잎을 활용해서 이 빵을 만들었다고 하셨잖아요. 그런 스토리가 설명서에 담겨 있으면 이 제품이 훨씬 가치 있어 보일 것 같네요."

생각하지 못한 답변이다.

먹거리에 이어 공예품에 대한 의견도 활발하게 오고 갔다.

"통영 누비가방은 색깔이 좀 화사했으면 좋겠어요. 좀 더 실용적이고 다양한 제품이 있으면 좋을 것 같아요."

"여수 굿즈는 상품 패키징에 'Made in Korea' 또는 'Made in Yeosu'라고 써 있어야 할 것 같아요."

모든 의견 하나하나가 가슴에 새겨야 할 것들이었다. 특히 생산지를 표기하면 좋겠다는 의견은 두고두고 생각해 봐야 할 이야기였다. 여행을 떠나서 기념품을 사는 이유는 뭘까? 그 나라, 그 지역에서만 살 수 있는 희소성 있는 상품을 간직하는 기쁨을 맛보고 그곳을 기억하려는 목적이 아닌가! 해외로 여행을 나가서 구입한 물건의 뒷면에 'Made in China'라는 태그를 발견하고 배신감을 느껴본 경험이 있는 사람은 나 말고도 많을 것이다.

핑장히 알차고 값진 시간이었다. 전혀 예상하지 못한 생각과 느낌, 각 문화별로 제품을 받아들이는 관점도 매우 다르다는 사실도 알게 되었다. 네 지역 중 부산은 외국인들이 많이 찾는 도시지만, 나머지 세 곳은 외국인을 위한 쇼핑거리가 생기고 멋진 쇼핑공간이 생긴다고 당장 수많은 외국인이 모여들 곳은 분명 아니었다.

하지만 외국인들을 이해하기 위한 이런 시도가 하나둘 쌓여가다 보면 언젠가 우리나라의 곳곳에서 심심찮게 외국인 여행객들을 만나볼 수 있는 날들이, 심지어 그들의 손에 'Made in Yeosu', 'Made in Suncheon'이라고 적혀 있는 기념품이 들어 있는 봉투가 들려 있을 날도 올 것이다.

4.

우리에게 사랑 받는 여행지가
해외여행객에게도 사랑 받는다

누구든 나 자신부터 사랑하고 볼 일!

우리나라 사람들에게 가장 인기 있는 여행지 중 하나인 강원도. 이곳을 가장 많이 찾는 외국인 관광객들은 어느 나라 사람들일까? 중국도, 일본도 아닌 정답은 필리핀! 그 뒤를 베트남, 말레이시아, 대만이 바짝 쫓고 있다.

강원도는 사실 한류드라마 열풍뿐 아니라 동계 스포츠 때문에 동남아시아사람들에게 관심과 사랑을 받고 있다. 중국과 일본 여행객들은 이미 오래전 한류드라마를 시청한 뒤 한차례 훑고 지나갔고, 이제 그 자리를 동남아시아 여행객들이 채우고 있다.

그럼 강원도 중에서도 동남아시아 여행객들이 가장 많

이 찾는 여행지는 어디일까? 다름 아닌 남이섬이다. 〈겨울 연가〉라는 드라마에서 시작된 남이섬의 인기는 지금도 대단하다.

그렇다면 가장 많이 찾는 시기는 언제일까? 몇 월에 강원도가 동남아시아 여행객들로 '핫'해질까? 정답은 2월이다. 12월도, 1월도 아닌 늦겨울에 찾는다는 사실에 의아해할지도 모르겠다. 그들 입장에서는 겨울을 즐기고 싶긴 한데, 12월과 1월은 너무 추우니까 2월에 방문하는 것이 아닐까 추측해 본다.

맛과 예의 고향으로 불리는 전라도. 그중 전라남도를 가장 많이 찾는 외국 여행객들은 어느 나라 사람일까? 바로 멀고도 가까운 나라, 일본! 그 뒤를 중국이 바짝 좇고 있다. 일본 여행객이나 중국 여행객은 우리나라를 여러 번 찾아와서 서울, 부산은 이미 돌아다닌 경험이 있다. 아직 덜 알려졌지만, 미식 여행에 관심이 많은 이들에게 전라남도는 최적의 여행지인 셈이다.

그렇다면 외국인들이 가장 많이 찾는 전라남도의 여행지는 어디일까? 정답은 바로 여수! 여수에 KTX 역이 있다는 점은 내국인은 물론 외국인의 방문을 촉진하는 중요한 요소 중 하나이다. 게다가 여수에는 국제 크루즈항도 있다. 하지만 여수가 관광지로서 맹위를 떨치게 된 것은 다름 아닌 '밤바다' 때문이다. 여수 밤바다 신드롬 이후 여수는 우리나라 사람들도 여행지로 가장 많이 찾는 도시가 되었다. 그 뒤를 외국 여행객들이 따르고 있다.

내국인이 좋아하는 곳은 외국인도 좋아하게 된다! 이것은 전 세계 어디에서건 여행업계에 종사하는 사람이라면 고개를 끄덕일 불변의 진리이다.

2020년부터 우리 회사가 맡게 된 '대한민국 테마여행 10선'은 사실은 우리나라 여행객이 아닌 해외 여행객을 주요 고객으로 염두에 두고 시작한 프로젝트였다. 홍보마케팅을 담당한 나도 국내보다는 해외 쪽에 예산을 더 많이 배정했고 국적별 선호 여행지와 여행 시기, 여행 형태 등을 면밀히 분석했다. 우리나라 여행객들의 여행 경향을 분석해 도출된 열 개의 기존 여행 테마도 해외 여행객의 취향에 맞춰 조정했고, 열 개 테마별로 타깃 국가를 선정하는 작업을 수행했다.

열 개 테마별로 핵심 소비자가 될 해외 여행객을 설정하고 대표여행상품을 선별해서 전면에 내세우는 기획을 준비하기도 했다. 이를테면 충주, 제천, 단양, 영월은 '중부내륙 힐링여행' 테마인 곳인데, 해외 여행객에게는 전혀 인지도가 없어 막연한 테마를 설명하기보다 단양의 패러글라이딩을 핵심 키워드로 잡아 그 지역을 소개하는 방식을 택했다. 그래서 해외 고객층에게 명확하게 다가갈 수 있도록 'Inland Activities'로 테마를 조정했다. 이렇게 밑 작업은 다 되었는데 코로나19 바이러스가 잠잠해질 기미를 보이지 않아 해외 여행객을 대상으로 기획해 놓은 여행상품은 개시를 연기한 채 묵히고만 있었다.

가는 세월만 바라보고 있을 수는 없어 랜선투어로 상품을 시장에 내놓았다. 서양인들이 주로 이용하는 'Viator'라는 온라인 여행 플랫폼과 아시아인들이 주로 사용하는 'KKDAY'라는 온라인 여행 플랫폼에서 랜선투어 상품을 개시했다. 이 사업은 동료 팀장이 주관하고, 우리 팀에서는 홍보를 지원했다. 어느 날 문득 판매 실적이 궁금해서 동료 팀장에게 물어보니 다행스럽게도 그럭저럭 팔리고 있다고 한다.

하지만 여전히 마음 한구석이 허전했다. 해외 여행객을 우리나라로 끌어들이기 위해 얼마나 야심차게 준비했는데, 온라인에서 랜선투어로만 진행하고 있으니….

'올해는 안 되더라도, 내년에는 실제로 외국인들이 찾아올 수 있겠지.'

미리미리 준비하자는 마음에 직접 찾아와서 즐길 수 있는 여행상품도 해외 온라인 여행사 플랫폼에 등록이라도 해놓으면 좋겠다는 생각이 들었다. 이 사업을 함께 추진하고 있는, 해외 홍보 업체를 운영하는 대표님에게 연락을 해서 내 의견을 말씀드렸다.

"지금 팔리든 안 팔리든 원래 하려던 거니까 외국인 상품 등록을 진행하는 게 어떨까요?"

"그럼 지역 업체들에게 플랫폼에 상품을 어떻게 등록하는지 저희가 교육까지는 해드릴게요."

그 말을 듣고 뭔가 뒤통수를 얻어맞은 기분이었다. 이 프로젝트를 시작할 때 논의했던 사항과 전혀 다른 말이다. 분명 그 업체에서 외국인용 상품을 플랫폼에 등록하기로 협의했고, 이 내용은 과업계획서에도, 서로가 합의한 과업협상서에도 명시된 것인데. 너무 뜻밖의 반응이라 처음에는 혹시 내가 착각했나 싶은 생각이 들 정도였다. 직접 등록을 하는 업무(상품의 내용을 정리하고 영어로 번역해서 인터넷 사이트에 올리고 이미지를 찾아서 등록하는 일)와 그 방법을 교육하는 업무는 하늘과 땅 차이인 것이다. 전화를 끊고 나중에 과업지시서, 과업협상서 등 근거가 될 서류를 들이밀고 나서야 여행상품들이 플랫폼에 온전히 등록되었다. 이런저런 신경전까지 겪으면서 플랫폼에 등록했는데, 여전히 코로나19 바이러스의 여파로 이 상품들이 빛을 보지 못하고 있으니, 그 안타까움을 뭐라 말할 수 없다.

하지만 고약하고도 매정한 코로나19 바이러스가 그나마 여행업계에 아주 미약하지만 긍정적인 영향을 끼친 것이 있으니, 바로 '국내 여행의 재발견'이다. 해외로 나가지 못하게 되면서 국내 여행에 대한 수요가 늘어나면서 여행상품의 질적 개선을 이룰 수 있는 좋은 기회가 찾아온 것이다. 이를테면 요즘 잘나가는 온라인 여행사인 A사의 변화된 모습이 눈에 띈다. A사는 원래 아웃바운드 여행outbound(우리나라 사람이 해외에 나가 즐기는 여행) 중심의 회사였다. 하지만 '코로나 시국'이 오랫동안 유지되면서 국내 여행지로 눈을 돌렸다. 덕분에 우리가 지자체와 지역의 소규모 여행사와 협업해 출시한 국내 여행상품을 A사의 온라인 플랫폼에 등재해서 판매할 수 있었다.

또한 앞서 말했듯이 '코로나 시국'에서 여행업계에서는

'로컬크리에이터Local Creator(지역 고유의 콘텐츠를 찾아 개발하고 제작하는 사람)'들이 각광을 받고 있다. 개인이든 기업이든 모든 고객층이 국내 여행지로 눈을 돌리다 보니 지역 문화, 관광 및 자원을 기반으로 비즈니스모델을 접목해 가치를 만들어 내는 로컬크리에이터의 특화된 여행상품에 매료된 것이다. 관광업계의 일원으로서 너무도 바람직한 현상이라 기분이 좋다.

어느 포럼에 참석했다가 하동군에서 로컬크리에이터로 활동하고 있는 조문환 선생님(맞다, 2장 〈흔적을 없애면 매력도 사라진다〉에서 등장했던 그분!)을 우연찮게 만났다. 코로나19 바이러스로 인한 여행업계의 영향에 대해 이야기를 나누는데, 선생님이 이런 말씀을 하신다.

"하동은 코로나 대응이 1.5단계일 때가 여행객들이 많이 오더라고요. 1단계면 여기저기 더 유명한 지역으로 가버리고, 1.5단계로 올라가면 인파를 피하려고 한적한 하동을 찾아와요."

알고 보니 선생님은 코로나의 직접적 수혜자였다! 어찌됐든 오랫동안 지역의 문화와 가치를 알리려고 했던 분들의 노력이 이제야 인정을 받는 것 같아 안심이다. 역시 우리의 것은 소중한 것이다.

우리만이 가지고 있는 것, 그것에 의미를 부여하고 소중히 여기면 다른 사람에게도 그것은 특별한 것이 된다. 얼마 전 충북의 한 지자체에서 투어패스(한 지역의 다양한 관광지 입장권이 하나의 패스에 들어 있는 자유이용권과 비슷한 티켓) 관련 사업 건을 발주했다. 과업지시서를 확인하고 투어패스 전문업체인 B사와 우리 회사가 컨소시엄을 이루어 제안서를 쓰기로 합의했다. 어떤 콘셉트를 잡아 제안서를 쓸 것인지 회의를 하다가 나는 B사의 팀장님에게 물었다.

"팀장님, 지금까지 투어패스 사업 중에 참고할 만한 성공 사례가 있나요?"

"그럼요, 태안군에선 아주 성공적이었습니다. 이 투어패스를 외지인이 아닌 태안군 주민들이 먼저 사용하게끔 유도했더니 주민들 이용이 늘면서 관광시설의 질적 개선도 이루어지고, 입소문을 타고 판매가 엄청 늘어났어요. 태안군 주민들이 홍보대사가 돼준 셈이죠."

지역의 여행상품, 우리나라의 여행상품이 성공하기 위해 공통적으로 내재되어 있는 키워드가 있다. 바로 "Love Myself"! 우리나라 여행객들이 해외가 아닌 국내로 관심을 기울이자 지역에서 활동하는 로컬크리에이터들의 활동에 힘입어 소도시가 새로운 여행지로 탄생했고, 태안 주민들이 태안 여행을 즐기기 시작하자 다른 지역의 사람들이 태안을 주목하기 시작했다.

대한민국 구석구석을 누비기 시작한 우리의 여행 트렌드는 분명 지역에 활기를 불어넣고, 머지않아 해외 여행객들이 찾아오게 되면 각 지역의 독특하면서도 깊은 개성을 보여주는 소중한 씨앗이 될 것이다.(그날이 오면 여러 우여곡절을 겪으며 여행 플랫폼에 등록해 놓은 외국인용 여행 상품도 빛을 보게 되겠지!)

하지만 우리나라의 숨겨진 여행지, 크리에이터들의 매력적인 여행상품을 둘러보기 전에 먼저 관심을 가져야 할 것이 있다. 그것은 다름 아닌 나 자신, '마이셀프'다. 우리가 좋아하는 우리나라의 여행지를 외국인들도 좋아하듯이, 내가 나를 사랑해야 남들도 나를 새롭게 인식하지 않을까? 나란 존재를 키우고 성장시키는 건 결국 나 자신의 사랑이다.

5.
짠순이 관광개발연구원의 눈물겨운 홍보 활동
공짜 좋아하지 마세요!

나의 치명적 단점은 공짜와 싸구려를 좋아하고 뭐든지 깎고 보는 짠순이라는 것이다. 어릴 적 우리 집의 경제적 형편은 그리 넉넉하지 못했다. 그때에 비하면 지금은 여유롭게 살고 있는데, 어릴 적부터 형성된 짠순이 기질은 좀처럼 없어지지 않는다. 백화점에서 옷을 사는 일도 드물다. 첫 직장에 입사하고 사회인으로 첫 발을 내딛은 기념으로 큰 마음을 먹고 코트를 장만했을 때, 결혼을 앞두고 시부모님께서 예복 원피스를 사준다고 했을 때 등 손꼽을 정도다. 결혼 전, 나는 값비싼 브랜드 옷이나 신발을 아무렇지도 않게 사는 남자친구(현재 남편)를 보고 적잖은 충격을 받기도 했다.(이제 남편도 나에게 많이 동화되었는지 예전만큼 쇼핑을 하지 않는다.)

나의 이런 성향이 우리 집의 재정에 항상 도움을 주는 건 아니다. 가끔 짠순이에서 '헛짠순이'가 되어 엉뚱한 타격을 입히기도 한다. 싼 가격에 아파트 분양을 한다는 광고에 혹해서 계약을 했다가 지역주택조합 아파트라는 함정에 빠진 적도 있다. 5년 전에 완공되어야 할 아파트가 벽돌 한 장 올라가지 않은 채로, 나의 계약금은 오도 가도 못한 채 고스란히 묶여 있는 처지다. 필요하지 않은 물건이라도 공짜라면 일단 받아들고 오는 성미라, 집 안에 자질구레한 물건들이 넘쳐나기도 한다.

이런 성향은 일할 때도 고스란히 드러난다. 코엑스에서 열리는 '국제관광 박람회'에 우리 회사가 참가하게 되어 부스 시공업체로부터 견적서를 받아보았다. 인건비와 자재비가 많이 올랐다는 건 알고 있었지만, 견적서의 금액란에는 짠순 여왕이 쉽사리 받아들일 수 없는 숫자가 도열해 있었다. 곧바로 업체에 전화를 걸었다.

"대표님, 저희가 생각하는 박람회 부스 설치 예산과 금액 차이가 너무 큰데, 어떡하죠?"(깎아달라는 말이다.)

보통 이렇게 이야기하면 조금이라도 깎아주기 마련인데, 인상이 엄청 좋아 보였던 대표님은 깎아줄 수 없다며 단칼을 긋는다. 일단 알겠다며 작전상 후퇴를 했다. 박람회 준비기간이 넉넉했더라면 두세 개 업체에서 견적을 받아 금액이 가장 저렴한 업체와 계약을 했겠지만, 일정이 빠듯해서 한 업체만 추천을 받아 일을 진행하던 차였다.(코엑스에서 박람회를 할 때는 코엑스에서 지정한 업체만 행사에 참여할 수 있기도 했다.)

솔직히 내 돈 들이는 것도 아니고, 이것 말고도 할 일이 많은데 너무 개의치 말자 싶다가도 뭔가 돈을 낭비한다는 께름칙한 기분을 참을 수가 없었다. 일단 인테리어 사업을 하고 있는 삼촌에게 부스 도면과 견적서를 보내고 이 가격이 합당한 것인지 물어보았다. 삼촌은 내가 보내준 견적보다 20퍼센트 낮은 금액으로, 게다가 코엑스 지정 업체와도 연결해 줄 수 있다고 했다. 이 사실을 확인하자 마음은 더욱 타들어 간다.

시공 업체 대표님한테 전화를 걸기는 껄끄러워 카톡을 남겼다.

> 20퍼센트 낮은 금액의 견적서를 받았는데 더 높은 금액의 견적으로 계약하면 저도 나중에 문책을 당할 수 있으니 금액을 조정해서 견적서 주셔야 할 것 같아요;;.

대표님에게서 전화가 왔다. 목소리에 정말 기가 차고 코가 차다는 느낌이 짙게 배어 있었다.

"하, 팀장님…. 저희 진짜 가격 네고 안 하는 곳인데, 하… 얼마로 견적서 드리면 돼요?"

나름대로는 배려를 한다고 기존 견적에서 10퍼센트만 낮춰달라고 요청을 했다. 따지고 보면 겨우 백만 원 남짓을 깎은 것이지만 묘한 성취감이 느껴졌다.

한껏 고무된 나는 비용을 좀 더 아끼고 한편으로 '콜라보의 미학'을 발휘하겠다며 캠핑카 및 캠핑물품 렌트업체를 찾아갔다. 박람회 인테리어용으로 캠핑물품을 대여해달라는 요청과 함께 업체와 상품을 적극 홍보하겠다는 제안도 했다. 담당 과장님이 흔쾌하게 동의해서 돈을 많이 들이지 않으면서도 박람회장을 꽤나 근사하게 꾸밀 수 있었다.

올해 초에는 해외 여행객들에게 우리나라를 어떻게 홍

보할지를 놓고 고민했다. 코로나19 바이러스의 유행으로 당장 오갈 수는 없어도 꾸준히 홍보를 해둬야 여행을 자유롭게 할 수 있을 때 우리나라를 찾을 거란 생각이 들었다. 홍보 수단 중 하나로 '틱톡'이 떠올랐다. 요즘 젊은 층에 인기를 끌고 있는 '틱톡 챌린지'를 해보면 좋겠다는 의견들이 나왔다. 마침 홍보대행사 쪽 담당 과장님이 틱톡 측에서도 공공사업에 한해서 광고비 없이 챌린지를 진행하는 프로그램이 있다고 알려줬다.

'그럼 공짜?'

챌린지를 준비하고 진행하기 위해서는 시간이 엄청 부족했고 일손도 많이 필요했지만(더군다나 나나 우리 팀원들은 '틱톡'이란 매체에 대한 이해가 부족했다), 돈이 들어가지 않는다고 하니 안 할 수가 없었다.

그날부터 우리 팀은 번갯불에 콩을 구워내는 요릿집이 되었다. 나는 공짜로 하는 챌린지에 욕심을 한 숟갈 더 얹어 외국인뿐 아니라 내국인도 공략하기로 했다. 그 때문에 팀원들뿐 아니라 틱톡 측 담당자, 홍보대행사 담당자 모두 고생이었다. 준비할 수 있는 시간은 얼마 없고, 잘 모르는 매체를 이용하려고 하니 하루하루 머릿속이 새하얘졌다.(실제로 흰머리도 늘었다.)

문제는 실제로 챌린지가 공짜가 아니라는 사실이었다. 챌린지 내용을 틱톡에서 알리기 위한 배너 광고 비용만 무료일 뿐이었다. 홍보의 핵심은 챌린지에 관심을 유도하기 위한 홍보영상이었는데, 이 영상을 만들기 위해서는 연예인이나 틱톡커(틱톡에서 주로 활동하는 인플루언서)를 섭외해야 했다. 그 비용이 만만찮았다.

어쨌든 외국인에게 인기 많은 국내 틱톡커들을 섭외해 홍보영상을 만들었다. 태권도, 케이팝댄스, 비트박스 등 다양한 분야의 틱톡커들의 영상을 담았고, 동남아 국가의 사용자를 주요 타깃으로 홍보영상 광고를 했다.(이 광고를 제작하는 데 또 많은 비용이 들어갔다.) 하지만 돈값을 한다는 게 이런 것이구나 싶을 만큼 홍보 효과를 실감했다. 국내 홍보용 SNS 채널은 개설한 지 1년이 넘었는데도 아직 팔로워가 만 명이 안 되는데 틱톡은 개설하고 하루에 팔로워가 만 명씩은 족히 늘더니 챌린지 기간을 거쳐 거의 10만 명에 다다랐다.

역시 돈을 쓸 때는 써야 한다! 문득 짠순이처럼 굴었던 이전의 내 모습이 떠오른다. 돈을 써야 할 때도 쓰지 않았던 장면이 오래전 영화처럼 떠오른다. 친구들에게 한 턱을 내야 했을 때 조촐한 점심으로 대신했던 일, 어른이 되어 부모님께 뭘 제대로 대접해 드리지 않고 넘어갔던 순간…. 후회된다. 늘 '짠순이' 모드를 유지했기에 가끔은 '막순이'가 되어 주위 소중한 사람들에게 베풀어도 손해 볼 일은 없었을 텐데, 그땐 왜 그렇게 속이 좁았을까?

돈이 인생의 전부는 아니지만, 인생에서 굉장히 중요한 건 맞다. 그리고 돈 버는 기술뿐 아니라 가진 돈을 어떻게 쓸 것인지를 아는 사람은 어떤 점에선 인생을 굉장히 노련하고 주체적으로 살아가는 사람이 아닐까 싶다. 젊은 시절을 넘어가긴 했지만, 성숙한 중년 여성이 되기 위해서라도 지금부터 나도 그 돈 쓰는 기술을 잘 터득해야겠다.

4장.　　　　　　　　　　프로출장러의 역마살견문록

1.
여행이면 어떠하고, 출장이면 어떠하리

특이한 직업병이 생겼어요

예전에 비즈니스 컨설팅회사에서 일할 때는 엑셀 프로
그램을 업무뿐 아니라 내 일상 전반에 과도하게 사용하
는 '엑셀병'이 있었다. 프로젝트 단위로 일하는 컨설턴
트는 업무를 항상 프로젝트의 데드라인에 맞춰야 해서
WBS^{Work Based Schedule}라는, 프로젝트 시작에서부터 완료 시
점까지 주 단위 업무 계획을 빼곡하게 작성한 엑셀 문서
를 매 프로젝트마다 작성하고 관리해야 했다. 이것이 몸
에 배다 보니 내 인생의 대소사에도 엑셀이 끼어들기 시
작했다. 결혼식까지의 일정표(3개월이라는 짧은 준비 기간
에도 불구하고 이 스케줄 덕분인지 매우 수월하게 할 수 있었

다), 제주도 여행 계획표(시간 단위로 갈 곳, 먹을 것, 이동 시간 등을 꼼꼼하게 작성했다), 자산관리표 등이 나와 함께 했다.

인생 끝까지 영원할 것 같았던 '엑셀병'은 경영 컨설턴트라는 직업을 그만두고 조금씩 쾌차했다. 대신 관광개발연구원(요즘은 하는 일이 너무 다양해서 연구원으로만 내 직업을 규정짓기에 한계가 있다. 마케터? 기획자?)이 되고부터 새로운 직업병이 생겼다. 바로 '여행도 출장처럼 병'이다.

이 병은 조금씩 증세를 보이더니 2020년 '대한민국 테마여행 10선'이라는 사업을 하면서 내 머릿속과 마음속에 급속도로 확산되었다. 이전까지 내가 맡은 사업은 아무리 많아도 지자체 네 곳을 대상으로 했다. 하지만 '테마여행 10선'은 자그마치 서른아홉 곳의 지자체를 상대해야 했다. 이 사업에서 홍보마케팅을 담당한 나는 서른아홉 곳 지자체들의 매력을 발굴해서 대중에게 널리 알려야 하는 의무가 있었다. 물론 내가 홍길동이나 전우치처럼 분신술을 쓸 수 있는 능력도 없었기에 그 많은 지자체들의 콘텐츠를 발굴할 수는 없었다. 전문 사진작가와 인플루언서들이 그 역할을 대신할 예정이었다.

하지만 모름지기 홍보마케팅을 담당한 내가 지역의 특성을 몰라도 되는 것일까? 그 지역을 꿰고 있어야 어디를 어떻게 취재해서 전달하면 효과적인 홍보가 될 수 있는지, 어떻게 해야 콘텐츠의 질을 높일 수 있는지 역할을 해야 하는 것이 홍보마케팅 담당자가 아닐까 하는 의구심이 들었다. 게다가 그해 말부터 코로나19 바이러스 유행 때문에 '집콕여행꾸러미'라는 지역의 특산품과 굿즈 등을 엮어 선물세트로 구성해서 판매하는 사업을 새롭게 시작하게 되었다. 인터넷만으로 그 지역의 특산품과 굿즈를 찾고 선정하는 것은 한계가 있었다. 이래저래 직접 발로 현장을 찾아야 하는 이유가 생겼다.

그런데 서른아홉 곳이나 되는 지자체라니. 많아도 너무 많았다. 매일매일 급한 업무에 치이다 보면 출장 갈 시간을 확보하기도 버거웠다. 그렇다면 방법은 하나. 주말과 휴가를 이용하는 수밖에. 이렇게 해서 제주도를 제외한 우리 가족의 내륙 여행은 2020년부터 늘 나의 출장으로 귀결되어 왔다.(제주도도 '테마여행 10선' 지역이었으면 참 좋았겠다는 아쉬움이 갑자기 밀려온다.)

"나 이번 달 16일이 회사 강제연차(특별한 일이 아니면 반드시 써야 하는 연차를 말한다)야."

어느 날 남편이 반가운 소식을 전한다. 남편은 나의 출장 전용 기사님이다.(나도 운전면허증이 있긴 하지만, 장롱 속 보관용이라 베스트 드라이버인 남편께서 내 여행 겸 출장 프로젝트에 크게 외조하고 계시다.) 나는 화답하듯 지체 없이 반응했다.

"좋아, 그럼 16, 17일은 전주로 여행 가자!"

입 밖으로 말을 쏟아내기 무섭게 내 뇌는 즉각 여행 일정을 짜기 시작한다.

'한복진흥센터에서 주관하는 한복문화주간 행사도 살펴보고, 테마여행 10선 여행상품도 체험해 보고, 집콕여행꾸러미에 넣을 상품도 찾아보고, 공식 블로그에 올릴 사진도 찍어 오자.'

사실 나는 남원에 한 번도 가본 적이 없어서, 이번 여행길에 들러볼까 생각했다가 이내 마음을 고쳐먹었다. 안타깝지만 남원은 '테마여행 10선'에 포함되지 않았다. 대신 전주와 함께 '시간여행101' 테마 권역(전주, 군산, 고창, 부안)에서 아직 방문해 본 적 없는 부안을 추가했다.

'여행도 출장처럼 병'의 특징은 언제나 출퇴근 시간에 속전속결로 준비해야 한다는 점이다. 일단 제일 먼저 해야 할 일은 숙소 예약이다. 한옥 애호가인 나는 여행이든 출장이든 한옥 숙소를 즐겨 찾는다. 하지만 전주에서는 이미 한옥에서 묵어봤고, 최근 새로 생긴 호텔에서 바라보는 한옥 풍경이 멋있다고 해서 이번에는 이 호텔을 점찍어 두었다. 그런데 체험해야 할 여행상품에 한옥 숙박이 포함되어 있는 사실을 발견했다. 이렇게 되면 출장자와 여행자 사이 마음의 갈등이 일어난다. 하지만 고민의 시간은 그리 길지 않다. 늘 그렇듯 출장자가 승리하기 마련이다.

'호텔은 다음에 가면 되지, 뭐. 여행상품 체험하고 그럴 듯한 콘텐츠를 만들 수 있다면야.'

그러고 보니 '테마여행 10선' 사업을 맡고 나서 전주는 벌써 네 번째 방문이다. 하지만 늘 참신한 콘텐츠 제작에 목이 마른 홍보마케팅 팀장의 눈에는 모든 것이 새롭다. 두 눈에 쌍라이트를 켜고 길거리부터 훑는다. 나도 모르게 아드레날린이 솟구친다. 사실 일반적인 여행에서 느낄 수 없는 이 기분 때문에 '여행도 출장처럼 병'은 중독되는 맛이 있다.

이 병이 순조롭게 확산되는 데는 수더분한 두 남자의

협조도 크다. 이미 모든 일정이 잡힌 여행을 남편이나 아들 모두 불평불만 없이 따라준다. 또한 일반 여행객의 기준에서 내가 생각지도 못한, 피가 되고 살이 되는 소중한 의견을 알려줘 큰 도움을 주기도 한다. 반대 입장에서 보면, 따라다니면서 생각지도 못한 다양한 경험을 하고 새로운 여행지를 찾아가니, 특히 남편 입장에서는 아쉬울 것도 없지 않을까 싶다. 서로가 서로에게 도움이 되는, 이름 하여 윈윈 여행이 아닐까.(그렇더라도 나는 이런 여행을 할 때마다 남편에게 고맙다!)

그렇다고 매번 이 여행이 원만하게 진행되는 것은 아니다. 엄마 직업 덕에 좀 더 다양한 경험을 체험할 기회를 마련해 줘도 이런 종류의 복은 몹시도 부담스러운 건지 아들 녀석은 게임과 로봇에만 푹 빠져 있다. '전주미래유산'에 뽑힌, 한옥 스타일과 일본식 건축이 조화를 이룬 아름다운 건축물에서 전통차도 마시고 가야금을 배울 시간을 잡아줬는데도 하기 싫은 기색이 역력하다. 아홉 살짜리 남자아이가 뭘 알까 싶으면서도 한편으론 울화통이 터진다. 박물관, 미술관이랑은 전생에 무슨 원수를 졌는지 들어가는 순간부터 나가자고 아우성이고 음식점이나 카페에 가면 게임하기 바쁘다.

그런 아들에게도 이번 여행에 솔깃할 맞춤형 코스가 있었으니, 바로 공예체험전시관 방문이었다. 아들의 마음을 사로잡은 것은 전통 팽이 만들기였다. 한동안 칭얼거림에 시달릴 일은 없을 것 같아 정신을 차리고 주위를 둘러보니 '집콕여행꾸러미'에 참조할 만한 키트 상품들이 다양하게 구비되어 있다. 잠시 잠들어 있던 아드레날린이 각성하고 올라오는 느낌이다. 이 상품, 저 상품을 하나하나 살펴보며 담당자분에게 물어본다.

"이 키트 상품 중에 제일 잘나가는 건 뭔가요?"

"이건 만들기 어렵나요? 몇 살 정도 기준을 삼아야 하나요?"

"저 안경줄 키트 홍보하러 제시가 왔어요? 홍보대사로 섭외하신 건가요?"

평범한 여행자가 할 질문과 출장 온 관계자가 할 질문을 쏟아낸다. 도움이 될 만한 답을 듣고 여행객들은 무슨 체험을 하는지, 뭘 사 가는지도 관찰한다. 내친 김에 눈에 들어왔던 머리 뒤꽂이 만들기 체험을 해보기로 한다. 담당자분이 가르쳐 준 대로 실에 구슬과 자개를 하나하나 꿰고 실을 꼬며 손을 움직이는데, 모처럼 머리가 아닌 손을 쓰니 재미가 쏠쏠하다.

손을 열심히 움직이고 있는데 옆 테이블에서 두 사람의 대화 소리에 귀가 번쩍 뜨인다. 대화 내용을 들어보니 라이브쇼핑과 관련된 고민이다. 아마도 담당 공무원분들인 것 같다. 나 또한 집콕여행꾸러미 판매 때문에 신경이 쓰이는 상황이라, 손은 손대로 움직이되 귀는 옆 테이블을 향해 레이더를 켜놓고 도청을 시도한다. 이제 그만 나가자고 투덜거리며 도청을 방해하는 아들을 남편이 전담 마크하고 있는 사이 뒤꽂이도, 도청도 성공적으로 마무리됐다.

'가족여행 반, 출장 반'이란 극명한 성격은 이렇듯 뒤죽박죽이다. 부지런히 발걸음을 재촉해서 남부시장 청년몰을 찾아 또 모든 감각을 일깨우며 참신한 아이템을 찾는다. 이 지역의 '집콕여행꾸러미' 콘셉트를 '레트로'로 잡아볼까 싶은데, 그 아이디어에 화답하듯 다양한 상품들이 보인다. 그런데 언제 이렇게 시간이 흐른 걸까? 상점 불이 하나둘 꺼진다.

"여보, 어떡하지? 오늘 보려고 했던 가게들이 문을 닫아서 내일 또 여기 와야 할 것 같은데."

"그럼 내일 또 오면 되지, 뭐가 걱정이야."

착한 남편께서 내가 듣고 싶은 말만 쏟아내 주시는데, 내일 아침 9시에 부안으로 가서 유채꽃 콘텐츠를 확보하고 로컬푸드 매장에서 집콕여행꾸러미 상품을 발굴하고 3시에 다시 전주에 있는 청년몰로 이동했다가, 4시에 국악 공연을 관람하는 일정을 브리핑하면 어떻게 반응할지 궁금하다. 좀 미안하기도 하고. 보나마나 웃으면서 "아휴, 알았어"라고 말해줄 테지만. 이 여행 프로젝트도 여느 때와 마찬가지로 휴일 밤 11시에 집에 도착하며 대단원의 막을 내렸다.

'여행도 출장처럼 병'의 가장 큰 조력자는 남편이다. 아무리 내 의욕이 넘친다 한들, 그 뜻을 이해하고 받아줄 남편이 없었다면 이런 식의 가족여행은 꿈도 꿀 수 없었다. 내가 영국으로 유학을 가고 싶다고 할 때도 반대는커녕 1년간 무급휴직을 내고(회사 역사상 처음 있는 일이라고 한다) 나를 따라와 네 살배기 아들을 봐주었던 남편. 보통 여자들이 나이를 먹어가면서 인생에서 가장 잘한 일이 무엇이냐는 질문을 받으면 내 아이를 낳은 것이라고 대답한다는데, 나는 "우리 남편을 만난 거요"라고 주저 없이 이야기하겠다.(사랑하는 아들아, 미안. 엄마가 널 키우는 게 아주 쬐끔 힘들어서 말이야…)

남편의 지원이 계속되는 한, 그리고 관광개발연구원의

의욕이 지금처럼 유지되고 내 체력이 유지되는 한 '여행 같기도 하고 출장 같기도 한 여행'은 계속될 예정이다. 얼마나 지속될지 모르겠지만 아주 오래 계속됐으면 좋겠다. 이 여행이 뜸해지면 세 가지 원동력, 즉 남편의 지원, 연구원으로서의 의욕, 나의 체력 중 하나에 이상이 생겼다는 이야기가 되는데, 그럼 왠지 서글플 것 같다는 생각이 든다. 미래의 일은 미래에게 넘겨놓고, 지금은 지금을 즐겨야겠다. 그게 내 스타일이니까.

2.

블라디보스토크 가는 길에서 맛본
세상에서 가장 따뜻한 초콜릿

'동포애'라는 단어를 미각으로 배웠습니다

2019년 7월, 관광개발연구원으로 일하면서, 아니 내 삶을 통틀어 경험한 수많은 만남 중 가장 기억에 남는 사람을 조우하게 됐다. 그는 바로 중국 훈춘에서 러시아 블라디보스토크로 가는 낡은 버스에서 만난 '북한 아저씨'다.

내가 중국에 가게 된 것은 한반도 평화관광 연구를 수행하기 위해서였다. 2019년은 트럼프 전 대통령과 김정은 위원장의 만남 그리고 그 전 해에 있었던 문재인 대통령과 김정은 위원장의 판문점 회동으로 한반도 평화 분위기가 한창 무르익어 가던 시절이었다. 타이밍만 잘 맞았어도 북한을 실제로 방문할 수도 있었겠지만 성사되지 못했고, 아쉬운 대로 북·중·러 접경지역 답사 및 북한 전문가를 인터뷰하기 위해 중국으로 출장을 떠났다. 그리고 간 김에 중국에서 러시아로 국경을 건너보는 경험도 하고 싶어 모든 출장 일정을 마치고 러시아 블라디보스토크로 넘어가기로 했다.

우여곡절 끝에 버스표를 구해 버스 정류장에 도착했다. 신기하게도 버스 정류장에는 중국으로 버스 여행을 온 한 무리의 러시아인들이 보였다. '선'만 넘으면 동양에서 서양으로, 서양에서 동양으로 마치 순간 이동하듯 다른 문명으로 이동할 수 있다는 게 새삼 놀라웠다.

평소 여행해 보고 싶었던 블라디보스토크로 떠난다는 설렘을 가득 안고 러시아인, 중국인이 섞여 있는 만원 버스에 올라탔다. 팀원 둘은 오른쪽 자리에 같이 앉고, 나는 왼쪽 창가에 혼자 자리를 잡았다. 그런데 러시아인과 중국인 틈바구니에서 중국인보다는 우리나라 사람에 더 가까워 보이는 세 명의 남성이 버스에 올라탔다. 게다가 그중 한 명은 내 옆자리에 앉았다.

'어느 나라 사람일까? 남한 사람은 아닌 것 같고 그럼 조선족인가?'

계속해서 내 옆자리 그 남자의 국적은 어디인가를 생각

하며 한두 시간이 흘러간 사이 버스가 어느 창고 같은 곳 앞에 멈췄다. 사람들이 우르르 내렸다. 바로 국경 검문소였다. 공항에서처럼 여권, 짐 검사를 하며 꽤나 시간을 많이 잡아먹었다.(이러한 검문은 중국 영토에서 한 번, 러시아 영토에서 한 번, 총 두 번이나 해야 했다. 검문에만 두 시간이 넘게 걸렸다!)

난 여기서도 내 옆자리 그 남자를 주시하고 있었다. '어디에서 왔을까?' 하는 궁금증을 유지한 채 그 남자 가까이에 검문을 위한 줄을 섰다. 여권을 꺼내는 순간, 어!

중국 여권 색깔도, 우리나라 여권 색깔도 아니다. 그의 국적이 99퍼센트 확실해졌다. 그 순간부터 심장 박동이 급상승했다. 한반도 평화관광 연구를 하며 정작 북한에도 못 가보고 북한 사람과 인터뷰도 못 해본 것이 내내 너무 아쉬웠는데 내 옆자리 그 남자가 북한 사람이라니! 태어나서 결혼하고 아들 낳은 순간 다음으로 떨리는 순간이었다.

검문이 끝나고 다시 버스 안. 한 시간가량을 침묵 속에서 팀원들과 문자를 주고받았다.

나

북한 사람이 확실해

팀원 A

대박 대박!

팀원 B

꺄오!

나

어떻게 말 걸지? 말 걸고 싶어 죽겠어! A 씨, 나한테 줬던 그 박하사탕 내 옆자리 아저씨한테 좀 드시라고 드려봐 봐.

사실 마지막 문자는 농담 삼아 보냈는데 우리 막내 팀원이 정말로 그 박하사탕을 드시라고 건넨다. 옆자리 북한 아저씨는 "어, 괜찮은데, 고맙습니다"라고 어색한 미소를 지으며 사탕을 입에 넣으신다. 아, 그런데 이 절호의 찬스를 살리지 못했다. 입이 안 떨어진다. 그러다 어딘가를 지나는데 내가 핸드폰으로 지도를 보며 팀원에게 지명을 이야기하자 아저씨가 기다렸다는 듯이 입을 여신다.

"맞습니다. 여기가 거깁니다."

TV에서나 듣던 바로 그 북한 말투! 아저씨도 분명 우리랑 말을 하고 싶었던 것이 분명했다. 그렇게 시작된 아저씨와의 대화는 블라디보스토크에 도착할 때까지 장장 대여섯 시간 동안 이어졌다.

"북에서는 평양맥주가 맛있다면서요?"

"평양 근처가 요즘 인기가 많은 곳이라면서요?"

한반도 관광을 연구하며 축적한 정보를 하나둘 떠올리며 질문을 쏟아내니 아저씨도 신이 나서 이야기보따리를 푼다. 자기는 평양에 사는데 딸은 피아노를 전공하고 본인은 러시아와 북한 사이 무역을 하는 회사에 다닌다고 한다. '남쪽 음식은 어떤 게 맛있냐? 북에는 출산휴가가 있는데 남에도 있냐?' 하는 질문을 듣고 이번엔 내가 신이나서 대답을 해드렸다. 이렇게 질문과 대답이 오가기를 여러 차례. 러시아 땅의 간이휴게소에서 버스가 멈췄다.

버스를 탄 지 다섯 시간은 되었나 보다. 저녁 먹을 시간이 되어 배도 고프고 휴게소에 들러서 초콜릿을 사려는데 우리가 가진 러시아 화폐가 너무 큰 단위여서 거슬러 줄수가 없단다. 아뿔싸! 우리 배고프다고요! 그때 옆자리북한 아저씨, 분명 드라마가 아닌 현실이거늘 드라마 속남자 주인공처럼 나타나셔서 ("얼마면 돼?"라는 말은 하지않으시고) 멋있게 돈을 건네주시는 것이 아닌가. 그땐 어찌나 고맙고, 또 한편으론 죄송한지 모른다. 초콜릿은 입에 넣지 않았지만 우리 셋의 마음속은 (외모와 훈남미 풍기는 남자배우를 영접한 것처럼) 이미 달콤 따스한 맛에 빠져 있었다.

아저씨의 친절은 여기서 끝나지 않았다. 일곱 시간의 긴 버스여행을 마치고 블라디보스토크에 도착했지만 러시아어를 한 마디도 못하는 우리는 숙소까지 어떻게 찾아갈지 막막하기만 했다. 그때 아저씨가 또 한 번 나서서 택시를 잡아주시겠다고 한다.

나는 아저씨와의 인연을 놓치고 싶지 않아 내 명함을 드렸다. 그리고 성함을 여쭤봤다. 아저씨는 수줍은 얼굴빛을 보이며 답해주셨다.

"나중에 통일되면 꼭 연락 주세요."

진심을 다해 작별 인사를 드렸다. 헤어지는 순간 왠지 모르게 가슴 한구석이 먹먹해졌다. 그 만남이 특별했던 이유는 언제 다시 볼 수 있을지 기약할 수 없는 안타까움, 그 때문이었을까?

한국에 돌아온 후 나의 자랑 1순위 멘트는 "나 북한 아저씨가 사 준 초콜릿 먹어본 여자야"가 되었다. 나의 자랑거리가 된 그 아저씨를 다시 만나려면 '통일'이 되어야 하는데 그 이후 남북 관계는 차갑기만 하니 답답할 노릇이다.

북한 관광에 대한 호기심으로 맡게 된 연구는 그 방대한 양 때문에 나중에는 애정과 원한이 뒤섞여 한반도 평화관광 보고서라는 거창한 문서로 집대성되었다. 이 보고서는 언제 그 빛을 발할 수 있을까? 이 보고서가 한반도 평화의 작은 불씨가 되고, 그래서 내가 죽기 전에 통일이 되어 아저씨에게 남쪽의 초콜릿을 선물할 수 있는 그 날이 오기를 꿈꿔본다.

북한 사람과의 원활한 대화를 위한 작은 도움말

'북한'과 '남한'은 '대한민국'이 기준이 되어 표현한 말(북쪽 대한민국, 남쪽 대한민국)이기 때문에 북한 사람 입장에서는 이 말을 불쾌하게 느낀다고 합니다.(반대로 '북조선', '남조선'이란 표현도 우리가 듣기에 불편합니다.) 뉴스를 보아하니 두 나라 정부의 실무자들이 만날 때 "남측", "북측"이라는 표현을 쓰는데, 이렇게 말하는 것이 좋겠단 생각이 들었어요. 때문에 아저씨와 대화하면서 행여나 '북한', '남한'이라는 말을 쓰지 않도록 신경 썼습니다.(대화 분위기가 어색해질까 걱정이 됐거든요.)

3.
출장이든 프로젝트든 여행은
결국 인연과 인연으로 만들어진다

나중에 베풀어야 할 빚이 넘쳐나고 있습니다

자상한 북한 아저씨에게 초콜릿을 받은 여행길도 드라마
틱했지만, 실은 그 출장길을 나서 비행기를 타기까지의
여정도 한 편의 드라마였다. 출장의 방향을 틀어 장소가
중국으로 변경되었지만, 사실 애초의 출장지는 바로 북한
이었다.

앞서 이야기했듯이 나는 '한반도 평화관광 프로젝트'의
연구 수행을 담당했다. 온갖 욕을 먹어가며 결국에는 포
럼 현장에서 "한반도 관광에 제대로 된 보고서가 나왔다"
는 호평을 받은 보고서를 작성하기까지, 나는 과장하자면
이 프로젝트에 살짝 미쳐 있었던 것 같다. 그 덕에 북한까

지 들어가서 조사해 볼 생각까지 했던 것이 아닐까?

혹시 그 당시의 나처럼 북한에 가보고 싶은 분이 계시는지? 방법이 없는 것이 아니다. 다만 굉장히 어려울 뿐이다.

북한에 가고 싶을 때 1단계

통일부에 '북한 사람 통신계획 신고서'를 제출한다. '내가 어떤 일로 이러이러한 북한 사람을 만나야 해서 이러이러한 방법으로 북한 사람에게 연락을 취할 것이다'라는 계획을 작성해서 제출하는 것이다. 나야 명확한 연구 주제(그것도 한반도 평화관광이라는 주제)가 있어 쉽게 승인을 받았다.

북한에 가고 싶을 때 2단계

북한 사람에게 연락한다. '북한 사람 누구한테 어떻게 연락하라는 거야?' 하며 당황할 필요는 없다. 우리에게는 인터넷이 있고, 북한에도 인터넷이 있으니까! 해외 관광객에게 우리나라를 알리기 위해 한국관광공사에서 'Visit Korea(외국인을 위한 한국 관광 정보 제공 사이트)'를 운영하듯이, 북한에서도 유사한 사이트를 운영하고 있다. 이곳에는 관광과 관련된 협회 사이트들이 연동되어 있고 링크를 타고 들어가면 협회 관계자의 이메일도 나와 있다.

담당자와 이메일까지 알고 나자 그제야 심장이 쫄깃해지며 긴장감이 전해진다. 메일을 어떻게 쓸까? 최대한 공손한 어투로 '저는 남측에서 관광개발연구원으로 일하는 사람인데, 한반도 관광의 발전을 위해 선생님과 만나 이야기를 나누고 싶다'는 취지로 대여섯 줄을 완성했다. 간곡한 마음을 담아 주어를 바꾸고 부사를 추가하며 이리저리 고치다가 '전송' 버튼을 눌렀다.

이제는 기다리는 수밖에! 그런데 하루가 지나고, 이틀이 지나도 묵묵부답이다. '수신 확인'이라고 뜨는데, 답이 없다. 하지만 이 상황에서 단념하기엔 이 프로젝트에 미쳐 있는 내 정신이 이성의 영역으로 돌아올 의사가 없다. 나는 베이징에 내가 메일을 보낸 기관의 지사가 있다는 걸 확인한다. 베이징에 전화를 건다. 이메일을 보낼 때보다 손이 더 떨린다. 떠리리링, 떠리리링…. 여러 번 전화를 걸어도 받질 않는다. 전화번호가 틀렸나, 아니면 한국에서 오는 전화는 수신 차단이 걸려 있나? 아니면 이 기관은 관광 관련 기관으로 위장한 무시무시한 첩보 기관인가? 알 도리가 없다. 일주일에 걸쳐 통화 시도를 했으나 실패다.

실연당한 비련의 주인공처럼 넋 놓고 며칠을 보내고 있는데, 우리에게 이 연구를 의뢰한 기관의 차장님으로부터 전화가 왔다.

"어떻게 출장 준비는 잘돼 가시나요?"

"메일에도 답이 없고, 전화도 받질 않네요…."

"너무 실망하지 마세요. 그 사람들이 원래 그래요. 북한은 포기하고 중국 쪽 접경 지역으로 선회하시죠."

풀죽은 내 목소리를 듣고 차장님은 일부러 활달하게 이야기해서 나를 독려하려는 느낌이 들었다. 결국 나는 북한 가기 작전을 거둬들이기로 했다.

연구원이 해외로 출장을 가려면 두 가지 요소를 선행해야 한다. 첫째로는 연구에 도움을 될 인터뷰이를 찾아내 인터뷰 수락을 받아내는 것이고, 두 번째는 정해진 예산 안에서 출장 일정을 짜는 것이다.

첫 번째 요소부터 녹록지 않았다. '나는 관광개발연구원인데 당신과의 인터뷰가 우리 연구에 매우 중요해서 꼭 만나고 싶다'라고 아무리 공손하고 정성스럽게 메일을 써서 보내도(솔직히 인터뷰이 대상자의 소속 기관 공용 메일이 아닌 개인 메일 주소를 알아내는 것부터가 쉬운 일이 아니다) 소위 '썹히는' 경우가 다반사였다. 그러다 보니 인터뷰가 가능하든 불가능하든 답변을 전해주는 메일만 받아도 감지덕지했다. 메일을 못 보거나 스팸처리가 되는 경우도 있어 메일을 회신받지 못하면 현지 업무시간에 맞춰 전화를 걸어야 했다. 전화 영어 울렁증이 심한 나에게 이것은 매우 피하고 싶은 상황이었다.(다행히 우리 팀에 유창한 영어를 구사하는 A가 있었다.)

이렇듯 인터뷰 대상자의 응답을 기다리며 가슴 졸이는 일을 피하기 위해 우리 회사에서는 대행사(출장 전문 여행사)에 인터뷰 계획은 물론 전반적인 출장 스케줄 계획 및 예약 등을 의뢰한다. 나도 쉬운 그 길을 선택하고 싶었다. 문제는 '돈'이었다! 출장 일정과 계획을 대행사에 의뢰하면 출장비용은 1.5~2배로 껑충 뛰어오른다. 인터뷰이 한 명을 섭외할 때마다 비용, 대행사 수수료, 현지 가이드 비용 등이 추가로 들기 때문이다.

사실 이 전 해에 유럽으로 출장을 갈 때도 대행사에 지급해야 하는 비용이 아까워서 수없이 썹히는 메일에도 굴하지 않고 다섯 명이나 되는 인터뷰이를 확보해 내는 수

완을 발휘해 냈다. 심지어 인터뷰이 중 한 명에게는 '미안하지만 이번 출장에서 일정상 시간이 안 되어 만나지 못할 것 같다'는 사과의 메일을 보내야 했다. 하지만 이번 출장은 상황이 달랐다. 인터뷰이 섭외 및 인터뷰 계획은 어찌어찌 우리 팀이 한다고 해도 운전도, 중국어도 못하는 나와 팀원들은 졸지에 국제미아가 될 게 뻔했다.

예전에 중국의 리장(윈난성 동북부에 있는 마을)에 여행을 갔을 때 그곳 사람들이 버스, 호텔 같은 간단한 영어 단어도 알아듣지 못해 애를 태웠던 기억이 떠올랐다. 그로부터 10년이라는 시간이 흘러 중국에서 영어가 좀 더 보편화되었을지 모르지만, 베이징에서 하루 묵을 뿐, 그외 많은 시간을 지내야 할 북중 접경 도시에서 영어가 통하리라는 희망은 버려야 했다. 우리는 통역 가이드가 꼭 필요했고, 대중교통이 열악한 중국에서 이동하기 위해서는 차량과 기사도 필요했다.

차량과 기사, 가이드 등을 모두 따로따로 알아보려니 출장을 가기도 전에 에너지가 소진되는 느낌이다. '이럴 바엔 돈 들이더라도 대행사의 힘을 빌려야겠다'라는 생각이 들어 대행사에 연락해 견적서를 받아보았다. 비쌀 거란 예상은 했지만 너무 심하다. 대행사를 통하면 나와 팀원 한 명만이 동행할 수 있다. 하지만 우리가 처음부터 끝까지 준비하면 나머지 팀원도 함께할 수 있다. 지금껏 모든 준비를 같이해 왔는데 모른 척할 수 없다. 동지애가 불끈 일어나더니 에너지를 채워준다.

그래도 현실은 막막하기만 하다. 대행사의 달콤하고도 비싼 유혹을 걷어냈지만 우리 팀은 고전을 면치 못하고 있었다. 그러다 일이 되려는지, 문득 얼마 전 남편과 나누었던 대화가 생각났다. 남편은 중국에서 북한 선교를 하다가 한국으로 잠깐 돌아온 선교사님을 만났다고 했다. 남편이 했던 마지막 마디, "그런 분을 만났어, 만났어, 났어, 어"가 슬로모션과 메아리로 내 머릿속을 가득 채웠다.

다짜고짜 그분에게 전화를 걸어 자초지종을 설명했더니 "당연히 도와드려야죠" 하고 꿈속에서 그리던 대답을 들었다. 예산 때문에 출장을 못 갈지도 모른다고 생각하고 있을 막내 팀원에게 "우리 같이 갈 수 있어"라고 말할 때 팀장으로서의 뿌듯함이란!

선교사님은 중국에 있는 두 명의 젊은 선교사님을 연결해 주었다. 두 분은 중국에서 우리의 눈과 귀도 모자라 발(차량 운전)까지 되어주었고, 중국과 북한에 대한 박식한 지식을 들려주어 우리의 연구에도 많은 도움을 주었다. 시간이 없어 단둥에 있는 북한식당을 가지 못하게 되자, 그래도 북한김치는 꼭 먹어봐야 한다며 종류별로 김치를 사들고 오셨던 친절함은 잊을 수 없다.

특히 장춘에서 우리를 챙겨주신 분은 버스를 타고 러시아의 블라디보스토크로 넘어가는 데 절대적인 도움을 주었다. 버스표를 예매할 수도 없어 불안해하고 있었는데, 이분이 출발일 새벽에 정류장에 나가 버스표를 구입했다. 나중에 알고 보니 조금만 늦었어도 매진되어 오도 가도 못할 신세가 될 뻔했다. 그리고 그 버스를 타지 못했다면 북한 아저씨를 만날 '인생 경험'을 하지도 못했을 것이다.

좌충우돌에서 시작해서 풍비박산으로 끝날 뻔했던 우리의 중국 출장은 친절함과 배려심, 박식함을 갖춘 두 선교사분 덕에 무사하게 마무리되었다. 비록 북한에 가지 못했지만, 이분들의 도움으로 그에 못지않은 풍성한 결과물을 얻을 수 있었다. 오랜만에 '진심에서 우러나오는 친절함'을 느낀 것 같아 마음이 뭉클했다.

예전 육아휴직을 하던 시절, 밥 한 끼 제대로 챙겨 먹기 어려운 때가 있었다. 처음 아기를 키워보고 직업 경력이 단절된 듯해서 여러모로 불안했는데, 가끔씩 따뜻한 집밥을 대접해 주는 권사님이 있었다.

"이렇게 얻어먹기만 해서 어떡하죠. 제가 어떻게 보답을 해드리죠?"

눈물 나도록 고마운 마음을 나는 겨우 이런 식으로 표현했는데, 그분은 환하게 웃으며 내 어깨를 토닥이며 말했다.

"지금 받은 걸 나중에 베풀면 되지."

돌아보니 지금까지 내가 받기만 한 것이 여전히 너무도 많다. 그 수많은 친절과 배려를 나도 베풀면서 살아야 할텐데, 그 따스한 빚을 언제 다 갚을 수 있을지 모르겠다. 매일매일 작은 것부터 챙겨야겠다.

4.

섬진강이 라인강에 꼭 물어봐야 할 몇 가지 질문

여행에서 '행복추구권'의 기준 잡기

학창 시절, 나의 장래 희망을 사실대로 이야기하면 '해외로 끊임없이 출장을 나가는 일을 하는 사람'이었다. 보통 아이들은 '의사', '선생님', '비행기 조종사' 등 구체적인 직업을 말하기 마련이었는데, 중학생 시절에도 "외국계 회사에서 일하는 것"이라고 말할 정도로, 장래 희망은 직업보다 해외라는 공간에 방점이 찍혀 있었다. 대학 시절 유럽으로 배낭여행을 다녀오고, 호주로 어학연수를 경험하면서 졸업 후 직장생활을 하면서도 그렇게 살 줄 알았다.

하지만 해외영업부서가 아닌 기획부서에서 일을 시작

하면서 원대했던 나의 꿈은 조금씩 사그라지기 시작했다. 그나마 첫 회사에서 3년 동안 근무하면서 운 좋게도 호주로 한 번, 중국으로 한 번 출장을 갈 기회가 있었다. 그다음 이직한 회사에서는 7년을 일하면서 딱 한 번 중국으로 출장을 다녀왔다. 사표를 던지고 영국으로 유학 갈 생각을 한 건 못다 이룬 어린 시절의 꿈을 이렇게라도 풀어야 겠다는 무의식의 발로였을까?

어쨌든 한국으로 돌아와 '관광개발연구원'이란 직함을 달았을 때는 해외 출장에 대해서는 0.01퍼센트도 기대하지 않았다. 그런데 이게 웬일인가! 대표님을 포함해 팀 단위로 1년에 한두 번은 직원들이 해외 출장을 떠난다는 것이 아닌가! 가까이는 일본, 멀게는 노르웨이까지. 알고 보니 연구과제 수행 중 해외 벤치마킹 조사가 나 같은 사람에게는 복지 아닌 복지였던 셈이다.

드디어 나에게도 그 복지 혜택을 누릴 순간이 왔다. 입사 후 내가 처음으로 맡은 '섬진강 문화벨트 조성 연구' 사업을 위한 해외 벤치마킹을 조사하기 위한 출장을 떠나게 됐다. 해외 벤치마킹을 준비하는 동안 입사 이래 가장 많은 아드레날린이 분출되고 있었다.

'어디로 갈까?'

가장 먼저 떠올린 이웃나라 일본을 애써 지우고 나는 머릿속으로 유럽 어딘가를 내달리고 있었다.(나는 아주 어려서부터 유럽을 좋아했다. 특별한 이유는 없었는데 고풍스러운 건축과 의상, 문화를 배경으로 한 영화와 드라마에 매료되었던 것 같다.) 섬진강이라는 공간적 특성을 염두에 두고 강이 흐르는 도시를 찾아보다가 독일의 라인강을 생각해냈다. 그렇게 해서 팀장인 나와 나의 유일한 팀원은 독일의 뒤셀도르프로 출장을 떠났다.

나랏돈을 낭비하면 안 된다는(우리 회사의 거의 모든 프로젝트가 그렇듯이 '섬진강 문화벨트 프로젝트'도 중앙부처에서 발주한 사업이었기 때문에 연구에 대한 용역비 및 출장비는 엄연히 모두 나랏돈이다) 생각에 경유를 하더라도 가장 싼 비행기 티켓을 끊었다. 중국 국적의 비행기를 타고 베이징에 도착해서 뮌헨으로 가는 비행기를 갈아타고 그곳에서 뒤셀도르프로 가는 비행기를 탔다.(지금 생각하면 정말 바보 같은 짓이었다.) 아침 8시 50분에 김포공항을 떠나 저녁 6시 40분(현지 시각)에 뒤셀도르프에 도착했다. 둘다 완전 파김치가 되어 있었다. 게다가 뒤셀도르프는 서울보다 훨씬 추웠다. 둘 다 심한 감기에 걸려 독일의 감기차로 감기와 싸우며 계획된 일정을 밟았다.(독일사람들은 감기약은 안 먹고 감기차, 감기사탕으로 때운다고 한다. 제약 강국인 줄 알았던 독일은 알고 보니 체력 강국이었다.)

다행스럽게도 다음 날 날씨는 고단했던 여정을 싹 잊게 해줄 만큼 화창했다. 미세먼지라곤 단 한 점도 없는 하늘이 펼쳐졌다. 우리는 말로만 듣던 라인강으로 발걸음을 옮겼다. 일요일이라 그런지 많은 사람들이 강변을 산책하거나 카페에서 한가로운 주말을 만끽하고 있었다. 우리도 그들처럼 카페에 자리를 잡고 라인강을 음미하며 커피 한 잔 시키려고 했다. 별생각 없이 메뉴판을 받았는데, 그 속에서 이번 출장의 주제인 '라인강변의 도시 재생'을 만날 줄은 몰랐다.

출장을 떠나기 전, 사전 조사를 통해 뒤셀도르프의 변화를 알고 있긴 했다. 1970년대부터 이 도시는 산업 침체로 쇠퇴하게 되었고, 1978년 '미디어 항구Medien Hafen'라는 도시 재생 프로젝트 아래 세계적 건축가 프랭크 게리 등이 설계한 랜드마크가 설립되었다. 그 후 방송업계의 기업들이 입주하면서 산업 생태계를 형성했다고 한다. 한데 지금 우리가 커피 한 잔 마시면서 주변 풍경을 바라보며 여유를 느껴보려는 이 수변공간도 도시 재생의 결과물이라고, 메뉴판에 소개되어 있었다.

> 원래 라인강변을 따라 도로가 지나고 있었으나 이 도로가 시민들의 라인강에 대한 접근성을 저해한다고 판단하여 지하터널을 만들어 도로를 내고 터널 위에 수변공간을 조성해서 시민들이 쉬고, 걷고, 운동할 수 있는 공간으로 만들었다.

자동차보다 사람을 먼저 생각해서 나온 결과가 바로 이토록 아름다운 수변공간이었던 셈이다. 그리고 자연스레 섬진강을 떠올렸다. 섬진강을 답사할 때마다 나는 '이 강의 주인은 도로인가?' 하는 생각이 들었던 것이다.

섬진강은 하동군과 구례군 사이를 두고 흐르는데 강을 따라 국도가 놓여 있고, 도로 한쪽에 비좁은 도보가 마련되어 있다. 씽씽 내달리는 국도 옆에서 걷는 건 그리 유쾌한 경험은 아니다. 때문에 섬진강을 따라 걷는 사람은 없다.

하동의 유명한 '십리벚꽃길'에도 도보 여행자를 위한 배려는 찾아보기 어렵다. 자동차로 드라이브하기에 최적화되어 있는 이 도로에 걷는 이를 위한 길은 너무도 좁다.

그렇다고 차를 몰고 가서 편안하게 꽃구경을 할 수 있는 것도 아니다. 제철에 찾아가려면 도로 위에서 차 안에 갇혀 있을 각오를 반드시 해야 한다. 차도 잘 지나갈 수 없고, 제대로 걷지도 못할 바에는 지금 내 눈앞에 펼쳐진 뒤셀도르프처럼 도로를 차가 아닌 시민이 걷고 쉴 수 있는 공간으로 바꾸면 어떨까 하는 생각이 들었다.

화개장터에서 쌍계사까지 십리벚꽃길을 두 발로 걸어가며 아름다운 풍경도 보고 추억을 쌓으면 얼마나 좋을까? 하지만 이 지역의 지자체에서는 봄에 상춘객들로 교통체증이 심하니 도로를 더 놓아야 한다고 국토부에 요구했다. 지자체 공무원과 관광개발연구원인 나는 이렇듯 너무도 다른 생각을 하고 있다.

이러한 나의 생각에 누군가 "하동엔 KTX 역도 없는데, 도로까지 막으면 차 없이 어떻게 오라는 거냐?"고 반문한다면 나는 영국의 '파크 앤드 라이드Park and Ride' 제도를 대안으로 이야기하고 싶다. 영국을 비롯한 유럽의 구도심들은 도로도 좁고 주차공간은 심각할 정도로 부족하다. 이런 상황에서 여행객들이 붐비며 교통체증과 주차문제가 심각해지자 당국은 도심 외곽에 규모 있는 주차장을 만들어 자가용을 주차하게 하고, 그곳에서 셔틀버스를 타고 도심까지 오갈 수 있는 교통 시스템을 만들었다. 내 차가 있는데도 주차를 하고 버스를 갈아타는 것이 불편한 일이긴 하지만, 도심 속 주차 문제와 엄청난 주차 요금을 생각하면 이러한 시스템은 오히려 편리하고 경제적이다.

우리나라에도 '보행권'을 이야기하는 전문가들이 있다. 보행권은 '안전하고 편안하게 걸어다닐 권리'를 뜻한다. TV의 어느 강연 프로그램에서 도시전문가 정석 교수의 이 야기를 들은 적이 있다. 그는 도심에 차를 다니지 못하게 하는 정책으로 교통량이 90퍼센트, 대기오염이 60퍼센트 감소해 살기 좋은 도시로 변한 스페인의 폰테베드라, 땅 위의 지하철로 불리는 BRT(굴절버스)를 도입하여 세계의 환경 수도로 변모한 브라질의 쿠리치바 같은 도시 재생의 사례를 흥미롭게 들려주었다.(두 도시 모두 슬로 시티, 즉 친환경 도시로 주목을 받는 곳이기도 하다.)

40여 년 전 라인강을 자동차에서 시민들에게 돌려준 독 일의 뒤셀도르프, 위에서 언급한 폰테베드라와 쿠리치바 외에도 세계 여러 나라의 도시에서 시민의 보행권을 증진 시키기 위한 정책들이 추진 중이다. 대한민국의 수도인 서울도 상주인구가 천만 명인 대도시 중 세계에서 최초로 보행권 조례를 만든 도시다. 도시들이 이렇게 변모하고 있는 것은 '걷는 시민이 도시의 주인이고, 걷는 시민이 행복하다'는 생각 때문이다.

보행권은 단지 행복을 추구하기 위한 개념의 문제가 아니다. 이것은 생존의 문제이기도 하다. 우리는 이산화탄소 배출로 인한 환경오염이 바로 턱밑에서 삶을 위협하고 있는 시대를 살고 있지 않은가.

한나절 동안의 이동시간, 감기기운과 시차로 인해 비몽사몽을 오가는 가운데 맞이한 다음 날 아침이었지만, 라인강변을 걸으며 내 몸과 마음은 출장하는 동안 그 어느 때보다 또렷하면서도 여유로웠다.

5.
파리의 중심에서 서울을 떠올리다
서울이 더 좋지 않냐고요?

'어디로 떠날 생각을 하는 그 순간 바로 여행은 시작된다'
라는 근사한 말이 있다. 실제로 여행을 계획하다 보면 떠
날 생각을 하는 순간처럼 흥분되면서도 스스로를 타이르
며 신중하게 되는, 즉 이성과 감정이 오락가락하는 순간
을 마주한다. 바로 숙소를 선정할 때가 그렇다.

가족여행을 하기로 결정 나면 아홉 살 난 아들이 가장
먼저 하는 질문도 "엄마, 숙소 좋은 데야?"다. 까다로움
과는 거리가 먼 남편도 숙소가 마음에 안 들면 은근히 불
평을 쏟아낸다. 짐 내려놓고 씻고 자는 용도밖에 안 된다
고 치부하기엔 숙소에서 느끼는 만족감은 여행 전체에서

남는 인상에서 상당한 비중을 차지한다.

때문에 나는 숙소를 선택할 때는 숙박앱, 숙박사이트는 물론 포털 사이트까지 샅샅이 뒤져 최적의 숙소를 엄선하려고 한다. 가격 또한 대단히 중요한 고려사항이기에 A앱에서 예약했더라도 같은 숙소가 B앱에서 더 싼 가격으로 나온 걸 발견하면 머릿속은 더욱 복잡해진다. 예약을 해놓고도 더 좋고 더 싼 숙소를 발견하면 굳이 그곳을 예약하고 미리 해둔 예약을 취소하려고 한다. 그러다 위약금을 날린 전적도 국내외 여행을 망라하고 화려하다. 그런데도 나의 복잡다단한 숙소 예약 과정은 개선되지 않는다.

사실 숙소를 탐색하는 동안 나는 내 몸속에서 아드레날린이 솟아나는 것을 느낀다. 이 일은 세상에서 가장 좋아하는 남자 배우가 나오는 드라마의 가장 로맨틱한 장면을 보는 것만큼이나 흥미진진하다. 드라마의 로맨틱한 장면은 길어야 5분이다. 숙소 탐색은 내가 핸드폰이나 노트북을 손에서 놓지 않는 한 끝나지 않는다. 때문에 종종 밤을 하얗게 지새운 적도 있다. 중독 수준이다.

나의 '숙소 탐색 중독증'은 출장 갈 때도 고스란히 발현된다. 증상이 가장 심각할 때는 3년 전 유럽으로 출장을 떠나기 며칠 전이었다. 독일의 뒤셀도르프, 벨기에의 브뤼셀, 프랑스의 파리, 이렇게 묶어야 할 도시 명단이 결정되자 나는 또 제어할 수 없는 아드레날린의 급격한 수치에 몸을 실어 숙소 탐색에 나섰다.

보통 출장 중 묵을 숙소를 찾아 예약하는 업무는 막내급 사원이 맡는다. 하지만 나는 국내든 해외든 출장 가서 지내야 할 숙소는 반드시 내가 찾는다. 출장하는 회사원이면서도 한편으로는 여행을 떠나는 여행객이고 싶은 심리가 발동하는 것이다. 또한 업무 특성상 여행객의 시선을 유지해야 내가 하는 연구들에 다양한 숙소 경험이 더 실질적인 시사점을 줄 수도 있지 않을까 하는 생각이 들기도 한다. '숙소 탐색 중독증'은 여러모로 정당화된다.

좀처럼 가시지 않는 이 증상은 2주 정도 지속된다. 출근길에도, 퇴근길에도, 점심시간에도 최고의 시설과 최저의 가격을 갖춘 숙소를 찾기 위한 여정은 계속된다.

이렇듯 숙소 선정에 과도한 에너지를 쏟아내는 내가 숙소 고를 때 가장 중요시하는 것이 있다. 바로 숙소 또는 숙소가 있는 동네의 특별함, 즉 지역색이 뚜렷하거나 숙소 주인의 개성을 제대로 느낄 수 있느냐다. 국내에서는 초가를 소박하게 올린 제주의 돌담집, 주인장이 손수 보이차를 내려주는 100년 된 하동의 전통 한옥, 전통과 특성을 이어온 가양주가 있는 경주의 한옥 등이 내가 사랑하는 숙소들이다.

유럽 출장을 앞두고도 이 기준에 맞춰 각종 앱과 사이트를 오가며 도시별로 숙소 후보를 두세 개 뽑아놓았다. 이제 투숙객들의 리뷰를 검토하고, 해외 출장은 '뚜벅이'로 이동해야 하는 점을 감안해서 대중교통과 접근성도 따져보아야 한다. 그렇게 해서 나의 간택을 받은 뒤셀도르프와 브뤼셀, 파리의 숙소는 몇 년이 지난 지금도 묵었던 그 순간을 생각하면 살며시 미소를 머금게 할 정도로 좋은 기억을 남겨주었다.

뒤셀도르프에는 현대식 고층 호텔이 많았지만, 내가 고른 호텔은 과거에 시청사로 사용했던 건물이었다. 크림색의 2층짜리 아담한 호텔이었는데, 외관부터 마음에 쏙 들었다. 로비에 들어가자마자 대관식에서 왕이 앉아야 할 것 같은 고풍스러운 의자들이 분위기를 압도한다. 예약 사이트에서 이 호텔을 '하나의 박물관'이라고 표현했는데, 그 말이 틀리지 않다.

복도 곳곳에는 고풍스러운 그림과 검이 진열되어 있다.

시청사였던 시절의 모습을 어렴풋이나마 상상해 본다. 무엇보다 나를 흡족하게 한 공간은 객실이다. 내가 좋아하는 옛 역사 드라마에서나 봤던 저택의 손님방 같다. 예산을 절감하기 위해 출장 내내 팀장과 한 객실을 써야 하는 팀원의 입장에서 숙소에 대한 감흥을 얼마나 편안하게 누릴 수 있을지 모르겠지만, 객실에 발을 들인 우리 두 사람은 계속 감탄사를 쏟아냈다. 창문 밖으로는 얼마나 긴 세월을 보냈을지 가늠할 수 없는 자갈이 깔린 안마당이 보였다. 이 풍경도 오래 기억이 날 정도로 좋았다. 시청사였다는 이 호텔의 과거 내력을 떠올리자니, 국내 최초의 서양식 호텔이었다던 손탁호텔이 지금도 운영되고 있다면 뒤셀도르프의 이 호텔처럼 묵직한 감동과 즐거움을 선사했을 거란 아쉬운 마음도 든다.

두 번째 출장도시인 브뤼셀은 유럽 행정의 중심도시답게(UN 산하 각종 기구들이 이 도시에 몰려 있다) 물가가 상당하다. 숙박비는 물론 음식 값도 비싸다.(브뤼셀의 음식 값은 런던의 1.5배 정도 된다.) 이런 도시에서는 호텔 대신 숙박공유 서비스를 이용하는 것이 낫다! 숙박공유 앱을 통해 예약한 브뤼셀의 숙소는 장엄하면서도 고즈넉한 독일의 숙소와 분위기가 다르다.

비현실적일 정도로 티끌 하나 없이 깔끔하다. 방과 복도가 온통 순백색이다. 마치 화이트 왕국에 온 기분이다. 화려하거나 전통적인 아름다움을 접하면서 감동받기는 쉬워도 단순히 깔끔하다고 해서 그런 느낌을 받기는 어려울 텐데, 이 숙소의 '깔끔 무결함'은 분명 감동을 선사한다. 그런데 주인아저씨에게도 약간 다른 느낌이 있다.

우리를 맞아주면서 숙소를 이용하는 방법은 물론, 브뤼셀에 대해 친절하게 이야기해 주는데 말투가 남다르다.

'혹시 게이인가?'

그렇게 생각하니 이 공간의 깔끔함이 이해가 된다. 평범한 남자가 운영하는 숙소에서 이 정도 수준의 깔끔함을 유지할 수는 없을 것 같다. 설명하는 도중 주인아저씨는 자기 친구(파트너라고 언급했던 것 같기도 하다)와 같이 숙소를 운영 중이라고 했는데, 나는 내색하지 않았지만 그 친구는 분명 남자일 거라는 쓸데없는 관심을 발휘했다.(아니나 다를까, 일정을 마치고 저녁에 돌아와 보니 푸근하고 친절하게 생긴 또 다른 아저씨가 우리를 따뜻하게 맞아주었다.)

이곳에서는 식기와 접시 또한 순백색이었다. 새하얀 커

다란 접시에 담긴 음식은 하나의 예술작품 같았다. 우리를 처음에 맞아준 아저씨는 요리예술가가 아닐까 싶을 정도로 요리 솜씨뿐 아니라 플레이팅 감각이 놀라웠다. 접시에 놓인 한 송이 보라색 꽃, 별 모양으로 조각되어 나온 사과, 순백의 요거트까지 음식의 색과 형태의 조화가 예술품을 보는 기분이었다. 숙박공유 사이트에는 이 공간의 이름이 'Art de Sejour(Sejour는 영어의 Stay와 같은 뜻으로 번역하면 '머무름의 예술')'인데, 그 이름에 걸맞은 감동을 보여주었다.

서울이 동대문구, 강남구처럼 스물여섯 개의 구로 구성된 것처럼 세 번째 방문 도시인 파리도 1구부터 20구까지 나뉘어져 있다. 우리가 묵을 숙소가 있는 파시 지구는 제16구로 서울로 치자면 강남구, 서초구와 같은 부촌 지역이다. 유럽의 오래된 도시를 가면 좋은 점이 서울 같은 천편일률적인 고층 아파트가 아니라 오래전에 지어진 건축물들이 통일성 있게 존재감을 드러내는 풍경을 볼 수 있다는 것인데, 16구가 그러했다. 6~7층 높이의 아이보리색 건축물들이 나란히 들어서 있는데 지붕 부분은 회색으로 마감되어 있고, 테라스에는 기능적이기보다 건물의 미적 완성도를 끌어올리는 용도로 보이는 정교하게 주조된 검정색 난간이 설치되어 있다.

똑같이 생긴 건물들 사이에서 우리는 겨우겨우 숙소를 찾아냈다. 사진으로 여러 번 보고 머릿속에 각인해 두었지만 과연 여기가 맞나 걱정이 앞선 마음으로 초인종을 눌렀다. 다행스럽게도 세련된 인상의 주인아주머니(이분에게 아주머니라는 단어가 좀 어색하다)가 밝은 웃음으로 맞아준다.

우선 응접실과 식당이 있는 1층을 안내 받았다. 기분 좋은 햇살이 내려앉은 응접실에는 고풍스러운 벽난로와 소파가 자리를 잡고 있었다. 2층으로 올라가자 '이상한 나라'에 발을 내딛은 '앨리스'가 된 기분이다. 흰색과 검정색 모자이크 타일을 깐 욕실에는 '발 달린 욕조'가 놓여 있고, 방의 벽은 평범한 사람은 쉽사리 시도하지 못할 코발트빛을 띠고 있고, 오묘하게 조화를 이루는 그림들이 걸려 있다.

대체 어떻게 살아왔기에 이런 미적 감각을 장착한 것인지 아주머니가 몹시도 궁금하지만, 그녀는 드문드문 영어를 구사하는 수준이고 나는 프랑스어 실력이 볼 것 없는 수준이라 깊은 대화를 나눌 수가 없다. 하지만 그 짧은 영어 구사력을 지닌 아주머니는 관광개발연구원이라는 나의 직업적 정체성을 강렬하게 뒤흔들어 주는 역할을 해주었다.

다음 날 아침, 이 집의 루프탑에서 조식을 먹고 있었다. 사방에 온갖 식물이 심어져 있고 한가운데 푹신해 보이는 겨자색 소파가 보인다. 여기에 앉아 있자니 출장의 고단함은 물론 인생의 모든 시름이 날아갈 것만 같다. 신선놀음이 따로 없다. 식사를 하고 있는데, 아주머니가 올라왔다.

"봉주르, 혹시 산딸기 먹을래요?(당시에 정확히 산딸기라는 말을 알아들었는지 모르겠다. 어쨌든 무엇을 먹겠냐는 질문은 확실했다.)"

"오, 좋아요. 메흐씨."

주인아주머니는 루프탑 가장자리에 있는 식물 가까이 다가갔다. 주방으로 내려갈 줄 알았는데 뜻밖의 곳으로 움직이는 그녀를 우리는 멀뚱히 바라보았다. 알고 보니 그곳에서 산딸기를 바로 따서 우리에게 주는 것이었다. 고풍스러운 외관, 모던하면서도 클래식한 인테리어가 돋보이는 실내도 모자라 파리의 아침 풍경을 만끽하며 유기농 산딸기를 먹을 줄이야. 이건 차라리 비현실에 가까웠다.

식사를 마치고 응접실에서 아주머니와 잠시 담소를 나누

게 되었다. 나는 부러움 반, 진심 반을 담아 말을 건넸다.

"이런 집에 사시다니 정말 좋으시겠어요. 부러워요."

상상하지도 못할 말이 돌아왔다.

"서울이 더 좋지 않아요? 서울은 모든 게 현대적이잖아요. 파리는 너무 올드해요."

무엇인가로 뒤통수를 세게 얻어맞은 느낌이었다. 이곳 주인아주머니처럼 살면 부러울 것이 없는 줄 알았는데, 서울에 돌아가서 또 바쁜 하루하루를 어떻게 견뎌낼지, 이곳을 향한 그리움을 어떻게 이겨낼지 마음 한구석이 답답하기만 했는데, 그게 아니었다. 제대로 된 관광개발연구원이라면 꼭 그런 관점에서만 생각할 게 아니었다.

24시간 불 켜져 있는 편의점, 신속 정확한 배달문화, 저렴하고 편리한 대중교통…. 누군가에게 서울은 파리 못지않은 무궁무진한 매력을 품고 있는 도시였다. 우리에게는 너무도 당연하고 익숙한 문화와 도시의 풍경은 최고의 관광자원이었다. 뒤셀도르프, 브뤼셀, 파리… 세 도시에 흠뻑 매료되어 개성 넘치는 숙소를 찾아 헤매던 정성만큼 대한민국에 숨어 있는 매력을 찾아내기 위해 나는 얼마나 노력해 왔을까?

돌아가면 좀 더 노련한 관광기획자가 되어보자고 스스
로를 다독였다. 활활 샘솟을 것 같지 않지만 그렇다고 금
방 사그라질 것 같지 않은 기운이 느껴졌다.

알차게 여행하는 몇 가지 잔기술

부록1.
성수기 숙소 예약 꿀팁

여행을 좋아하는 친한 언니한테서 전화가 왔다.

"나 한글날 끼고 여행 가려고 하는데 벌써 숙소가 하나도 없어. 어떡하지?"

"강릉 오죽한옥마을이랑 공주 한옥마을이랑 영주 선비촌이랑… 음… 인제 스피디움도 한번 알아보세요."

나는 내가 다녀왔던 곳들과 최근에 출장 다니며 알게 된 곳들 중 예약 경쟁률이 그리 높지 않으리라고 예상되는 몇 군데 숙박 장소를 알려주었다.

한옥마을은 여러 채의 한옥이 밀집되어 있는 숙박시설인데, 10년 전쯤부터 지자체에서 하나둘 만들기 시작했다. 요즘에는 지자체에서 운영하는 한옥숙박마을이 많이 눈에 띈다. 보통 여행을 계획할 때 리조트나 콘도, 호텔 그리고 에어비앤비나 펜션을 숙소로 고려한다. 아직 한옥마을이 잘 알려져 있지 않아 의외로 예약하기 쉽다.(하지만 나 같은 사람들이 발설하다 보면 또 하나둘 알려지기 시작할 텐데… 서두르시길!)

나도 5~6년 전 5월의 황금연휴를 공주 한옥마을에서 보내면서 이 사실을 알게 되었다. 작년 5월에도 이곳에 신세를 졌다. 3박4일의 여행(겸 출장)을 계획했는데, 도대체가 토요일은 인터넷에서 찾는 숙소마다 예약이 마감되었다. 여행을 취소해야 하나 하는 불길한 생각마저 드는 가운데, 문득 예전에 연휴를 고즈넉하게 보냈던 공주 한옥마을이 떠올랐다. 여기에도 없으면 어떡하지 하는 긴장된 마음으로 예약사이트를 열었는데… 객실이 남아 있었다! 재빨리 2박을 예약하며 며칠간 지속된 숙소 예약 전쟁을 마무리 지었다.

공주 한옥마을 외에도 직접 묵어보지는 못했지만, 완주의 오성한옥마을, 강릉의 오죽한옥마을도 여행객들의 만족도가 높다. 인위적으로 조성된 한옥마을보다 자연스럽게 생겨나 오래된 전통 마을을 좋아하는 분들에게 추천할 한옥마을도 있다. 대표적으로 안동 하회마을, 순천 낙안읍성 민속마을, 담양 창평 슬로시티, 봉화 바래미마을과 닭실마을, 경주 양동마을 등은 조선시대부터 내려온 고택에서 숙박이 가능하다. 이곳의 숙박 시설들은 인터넷 예약이 안 되거나 덜 알려져 있어 성수기에 예약을 노려볼 만하다. 나는 최근 봉화 바래미마을의 토향고택과 경주 양동마을의 만회고택에 묵어봤고, 몇 년 전에는 순천 낙안읍성민속마을의 초가집에서 숙박을 했는데 이 공간에서 모두 멋진 경험을 할 수 있었다.

여름휴가 하면 강원도의 푸른 바다를 떠올릴 텐데, 인제, 평창, 정선 등에서 초록이 우거진 환경에서도 매우 인상적인 휴가를 보낼 수 있다. 게다가 이 지역은 바닷가보다 숙소를 예약하기가 훨씬 수월하다. 인제 스피디움 호텔, 평창의 오대산 자연명상마을 옴뷔, 정선 고한마을 호텔 18번가 등을 추천한다.

나만 알고 싶은 숙소들을 너무 많이 방출한 건 아닐까? 이곳들의 예약이 어려워지지 않기를 바라며 조금은 특별한 숙소에서 나만의 여행을 만들어 보시기를!

부록2.
색다른 여행의 시작점, 지역의 독립 서점

코로나19 바이러스가 여전히 기승을 부리지만, 우리의 여행 욕구는 쉽사리 잠들지 못한다. 누구나 한번쯤은 여행이 가능한 시기가 오면 어디로 떠날지, 여행 가서 무엇을 먹고 무엇을 할지 행복한 상상을 해봤을 것이다. 여행 계획을 세울 때는 대부분 가장 먼저 인터넷 포털 사이트나 SNS에서 검색을 통해 여행지에 대한 정보를 얻게 된다. 여행지가 정해지면 숙소를 예약하고, 좀 더 부지런을 떨어 체험거리를 미리 찾아놓기도 한다. 그런데 문제가 있다. SNS에 등장하는 포토 스팟, 유명 맛집이나 카페는 사람이 많아 바이러스가 유행하는 상황에서 들어가도 될까 싶은 염려가 들고, 포털 사이트나 블로그 등에서 얻을 수 있는 정보도 다 거기서 거기다. 대중적으로 이미 알려진 정보들만 검색된다.

여행을 자주 다녀서 웬만한 여행지들은 식상하게 여겨지는 이들에겐 인터넷 포털 사이트와 SNS에서 얻게 되는 여행정보가 아닌 신선한 무엇인가가 필요하다. 그 대안으로 나는 여행 가는 그 지역에 있는 독립 서점에 먼저 들러 지역 가이드북을 구매할 것을 추천한다. 물론 지역 가이드북 중에는 여행 가기 전에 서점에서 쉽게 구입할 수 있는 것들도 있다. 하지만 독립 서점만큼 다양하고 일목요연하게 정리된 지역 가이드북 코너는 그 지역의 서점이 아니면 찾아보기 어렵다. 또한 지역의 아기자기한 굿즈까지 진열된 경우가 많아 독립 서점을 들르는 것 자체가 여행의 큰 즐거움이 된다.

춘천은 서울 동대문구에 있는 우리 집에서 안 막히면 한 시간 반 정도 걸린다. 올해에도 벌써 세 번이나 다녀왔다. 세 번째로 갈 땐 꼭 묵어보고 싶은 숙소를 재빨리 예약하긴 했는데, 이미 닭갈비도 먹을 만큼 먹었고, 중도 물레길에서 카누도 타며 감탄도 해봤고, 춘천 KT&G 상상마당에서 좋은 경치도 실컷 구경했고, 오가닉 카페라는 꽃이 만발한 '인스타 핫플'에도 다녀온 터라 과연 춘천에서 뭘 할지가 걱정이었다.

새로운 경험을 할 만한 게 있을까 하는 마음으로 요리조리 찾아보니 '데미안 서점'과 '책방 마실'이라는 독립 서점이 눈에 띄었다. 외관부터 너무 예쁜 '책방 마실'부터 찾아갔다. 양옥 주택을 개조한 이 책방은 책과 담을 쌓은 아들 녀석만 아니라면 몇 시간이고 책을 읽으며 머무르고 싶을 만큼 편안한 공간이었다.

이곳에서 우리 가족의 세 번째 춘천 여행을 특별하게 해줄 책을 만나기도 했다. 그 지역의 출신이거나 지역과 특별한 인연이 있는 사람이 도슨트가 되어 지역을 소개해 주는 콘셉트의 가이드북이었다. 이 책에서 '육림고개'와 '에티오피아 한국전 참전 기념관'을 발견했다. 그리고 올해만 해도 벌써 세 번째 여행길인데 내가 아직 가보지 못한 낯선 곳이 있어서 다행이라는 생각을 하며 육림고개로 향했다.

육림고개는 말 그대로 고갯길이었다. 옛날에는 고갯길을 따라 가게와 점포 들로 항상 문전성시를 이루었지만 대형마트가 생기면서 폐허가 되었다가 도시 재생 사업을 통해 새롭게 단장했다고 한다. 그간 여러 지역에서 '레트로'를 콘셉트로 삼은 현장에 출장을 다녔는데, 이곳에는 그곳들과 다른 점이 있었다. 평지가 아니라 고갯길에 형성되어 있다 보니 경관이 굉장히 매력적이었다. 중심 고갯길에는 30년 넘게 자리를 지키고 있는 메밀전 집이 있는가 하면 최신 트렌드로 공간을 꾸민 청년 주인들의 음식점과 카페 들이 사이좋게 마주하고 있었다. 이런 '올드 앤 뉴'의 조화도 인상적이었다. 중심 고갯길에 연결되어 있는 샛길의 계단을 따라 올라가다 만나는 카페들과 음식점들에도 눈을 뗄 수가 없었다.

점심을 마치고 에티오피아 한국전 참전 기념관을 찾아갔다. 기념관 맞은편에는 우리나라 최초의 로스터리 카페가 있다고 한다. 당연히 그곳에 들러 남편과 커피를 마셨다. 워낙 미각이 둔해서 커피 맛에 대한 기억이 가물가물하다. 하지만 에티오피아식으로 꾸며진 이색적인 카페 분위기만큼은 선명하게 기억난다.

우리 가족여행의 주인공은 나도, 남편도 아닌 아들이다. 아홉 살 소년에게 좋은 추억을 선사해야 한다는 부담이 항상 있게 마련인데, 카페 가까이 공지천 자전거길 입구가 있었다. 아들에게 자전거를 타자고 하니 좋단다. 그렇게 맞은편 자전거 대여소에서 자전거를 빌려 온 가족이 공지천을 달렸다. 여행의 가장 큰 기쁨을 꼽으라면 바로 이런 순간이 아닐까 싶다.

여행에는 항상 생각지 못한 순간에 즐거움을 만끽할 때가 있다! 늘 예상되는 일만 반복된다면 인생은 얼마나 지루하겠는가? 여행을 하다 보면 좋은 일이든 나쁜 일이든 뜻밖의 순간을 마주하게 된다. 그 순간을 어떻게 보내느냐에 따라 여행의 느낌도, 의미도 달라진다. 예상하지 못하는 순간을 겪게 되는 것, 그것이 나를 항상 여행하게 하는 원동력이다.

그 낯선 체험을, 여행의 영감을 그 지역에만 있는 독특한 독립 서점에서 시작하면 어떨까? 독립 서점은 무작정 낯선 도시를 찾아온 사람에게는 뜻밖의 아이디어를, 철저하게 여행을 준비해 온 사람에게는 더 꼼꼼한 여행이 될 수 있는 정보를 선사한다.

몇 주 뒤 나는 또 가족을 이끌고 속초로 향했다. 주저 없이 첫 코스로 잡은 곳은 '동아서점'. 이번에는 도슨트 콘셉트의 가이드북 중 '속초' 편을 집어 들고 계산대로 향했다. 책을 받은 서점 주인은 나에게 뜻밖의 질문을 건넨다.

"혹시 원하시면… 저자 사인 해드릴까요?"

알고 보니 이 책의 저자인 김영건 씨는, 63년째 속초를 지키고 있는 동아서점의 3대 주인장으로 지금 내 눈앞에 있는 남성분이 아닌가? 이게 웬 횡재야! 기분 좋게 사인을 받고 내친김에 기념사진까지 부탁드리고 기분 좋게 서점을 나섰다. 숱하게 오고 간 속초였지만, 이번 여행은 왠지 좋은 느낌이 가득할 것 같은 기분이었다.

부록3.
로컬크리에이터와 함께 떠나는 여행

요즘 관광업계에서 가장 핫한 키워드 중 하나는 바로 '로컬크리에이터'
다. 로컬크리에이터는 지역의 고유한 콘텐츠를 발굴하고 개발해 비즈니
스를 창출하는 사람을 의미한다. 그들의 존재감은 관광업에서 심심찮게
빛을 발휘한다. 지역에 대한 진정성 있는 시각에서 발굴된 콘텐츠들은
참신하고 특별하다. 그러한 아이디어로 발현된 구체적인 여행상품은 대
형 여행사에서 내놓는 유명 관광지 찍기식 상품과는 질적으로 확연히 구
분된다. 마치 공장에서 대량으로 만들어 낸 제품이 아닌, 장인의 손에서
탄생한 특별한 제품이 되는 것이다.

나는 '대한민국 테마여행 10선' 프로젝트를 진행하면서 자기만의 개성과
신선한 아이디어를 뿜내는 로컬크리에이터들을 알게 되었다. 내가 직접
만나고 경험한 몇몇 로컬크리에이터와 그들만이 가진 여행상품의 특성
을 살짝 소개해 보려고 한다.

우리나라의 대표 여행지인 통영. 이곳에는 '통영이랑'이라고 하는 로컬크
리에이터가 있다. 통영이랑을 처음 알게 된 건 '통영 60분 투어'라는 여
행상품을 발견하면서부터다. 이 여행상품은 낮과 밤에 한 번씩 진행된
다. 통영토박이인 가이드에게서 통영 사람들도 잘 모르는 흥미로운 이야

기를 들으며 진행되는 워킹투어다. 바닷가를 산책하고 케이블을 타는 것 외에 통영의 속살을 느낄 수 있는 이 투어가 나는 굉장히 참신하다고 생각했다.

테마여행 10선의 홈페이지에 올릴 로컬크리에이터 콘텐츠를 작성하기 위해 통영이랑의 홈페이지를 방문하게 된 나는 그만 '장기 스테이 상품'을 발견하고 말았다. 이중섭 화백의 발자취를 따라가 보는 여행상품, 통영 장인으로부터 나전칠기 또는 목공예를 배우며 틈틈이 여행을 하는 상품 등 보지 말아야 할 것들을 봐버리고 그만 '통영앓이'를 겪고 있다. 탄소 없는 여행 등 새로운 상품도 눈에 띈다. 색다르게, 그리고 좀 더 깊이 통영을 느끼고 싶은 사람에게 많은 도움을 준다.

부산은 바다와 대도시라는 매력을 한꺼번에 아우르고 있는 여행지다. 부산 하면 호캉스를 떠올리는 사람들도 제법 있을 것이다. 나는 10년도 더 된, 해운회사에 다니던 아득한 시절 출장으로 간 부산 해운대의 고급 호텔에서 눈부신 일출을 바라본 기억이 있다. 신입사원이 누리기에 꽤나 호사스러운 경험 때문인지, 그 뒤로 내 돈 주고 그런 호텔에 묵은 경험이 없기 때문인지 그때의 풍경은 지금도 내 머릿속에 또렷하게 박혀 있다. 그런데 그 경험에 필적할 만한 소중한 추억을 '오랜지 바다'라는 곳에서 만들 수 있었다. 이곳은 광안리 해수욕장 바로 앞에 있는 기념품 편집숍이자 DIY 체험공간이다. 이곳 역시 테마여행 10선 프로젝트를 진행하면서 알게 된 곳이다. 지역 작가들이 디자인한 굿즈를 살 수도 있고, 광안리 해변에서 주운 조개껍데기와 모래 등을 활용해 나만의 기념품을 만들 수도 있다.

바닷가에서는 으레 카페에 들어가 자리를 잡고 바다를 바라보기만 할 뿐인데, 내가 직접 움직여서 찾은 자연물로 무언가 여행을 기념할 수 있는 걸 만드는 건 특별한 추억이 아닐 수 없다. 큰마음 먹고 부산을 찾았는데 하필 비가 온다고 해도 걱정 없다. 이곳에서 비 내리는 광안리를 바라보는 맛 또한 일품이다.

산과 숲을 좋아하는 여행자들에게 소개해 줄 로컬크리에이터가 있다. 바로 문경의 '리플레이스(replace)'다. 청년들이 의기투합해 만든 이 로컬크리에이터 팀은 이름에서도 알 수 있듯이 지역의 오래된 공간을 재생하는 것이 주특기다. 이 팀은 문경 산양면에 위치한 오래된 양조장을 '산양정행소'라는 근사한 카페 겸 베이커리로 개조해 운영하고 있으며 '화수헌'이라는 이름의 옛 한옥을 카페로 운영 중이다. 옛것이 재능 있는 젊은 이들을 만나 환골탈태한 셈이다.

올 봄 테마여행10선 사업을 같이 진행 중인 동료 팀장이 문경에서 괜찮은 로컬크리에이터를 찾았다며 여행상품을 만들었는데 시범투어에 참가하지 않겠느냐고 물었다. 문경은 문경새재밖에 없다고 생각하던 내게 문경에 뭔 상품거리가 있을까 싶어 상품소개서를 먼저 달라고 했더니 '문경 10선비여행'이라는 이름의 감성적으로 디자인된 상품소개서 겸 스탬프북 파일을 건넨다. 대충 살펴보니 의상도 빌려주고 음료와 특산품 제공 등 준다는 게 많다니 공짜 좋아하는 나는 냉큼 문경행을 결정했다. '문경 10선비여행'은 맘에 드는 옷을 빌려 입는 것으로 시작해서 자전거를 타고 이 지역의 명소들을 둘러보고 화수헌에서 음료를 마시며 여유를 누릴 수 있는 여행상품이다. 이 상품을 만든 크리에이터들은 스마트폰으로 찍은 사진 열 장을 고르면 인화해 주기까지 하는 세심한 배려도 잊지 않았다.

올해 초부터 나는 팀원들과 지역의 로컬크리에이터를 취재해 '대한민국 테마여행 10선' 홈페이지에 게재하고 있다. 이 작업을 하다 보면 자신이 살고 있는 그곳을 반짝반짝 빛내고 참신한 여행지로 만들기 위해 열심히 활동하고 있는 관광업계의 숨은 인재들이 이렇게나 많구나 실감하게 된다.(지면상 간단하게 크리에이터 세 팀을 소개할 수밖에 없는데, 관광업계의 숨은 인재들과 그들의 참신한 여행상품은 '대한민국 테마여행 10선' 홈페이지에서 확인해 주시길 바란다.)

공장제 기계로 만든 가공품이 아닌 장인의 손끝으로 빚어낸 수제품 같은 여행을 하고 싶은 분들에게 로컬크리에이터들의 여행상품을 권장한다.

- 통영이랑: erang87.modoo.at
- 오랜지바다: www.orangebada.com
- 대한민국 테마여행 10선: ktourtop10.kr
- 문경 10선비여행: ktourtop10.kr에서 '문경 10선비' 검색

일하는사람 #004

떠나세요, 제가 준비해 놨어요

초판 1쇄 인쇄 2021년 8월 20일
초판 1쇄 발행 2021년 9월 3일

지은이 | 신재윤
발행인 | 강봉자

펴낸곳 | (주)문학수첩
주소 | 경기도 파주시 회동길 503-1(문발동 633-4) 출판문화단지
전화 | 031-955-9088(마케팅부), 9536(편집부)
팩스 | 031-955-9066
등록 | 1991년 11월 27일 제16-482호

홈페이지 | www.moonhak.co.kr
블로그 | blog.naver.com/moonhak91
이메일 | moonhak@moonhak.co.kr

ISBN 978-89-8392-868-9 03810